TEATRO COMPLETO

EM 12 VOLUMES

Bertolt Brecht

TEATRO COMPLETO

EM 12 VOLUMES

VOLUME I

4ª edição

PAZ & TERRA

Rio de Janeiro | 2022

Título dos originais em alemão: "Baal", "Trommeln in der Nacht", "Die Kleinbürgerhochzeit", "Der Bettler order Der tote Hund", "Er treibt einen Teufel aus", "Lux in Tenebris" e "Der Fischzung", in: *Gesammelte Werke: 20 Bänden*, Werkausgabe Edition Suhrkamp, Frankfurt.

Coordenação geral: Wolfgang Bader e Fernando Peixoto
Revisão de texto: Lya Luft e Wolfgang Bader

EDITORA PAZ & TERRA
Rua Argentina, 171 — Rio de Janeiro, RJ
20921-380 — Tel.: (21) 2585-2000.

CIP-BRASIL. CATALOGAÇÃO NA PUBLICAÇÃO
SINDICATO NACIONAL DOS EDITORES DE LIVROS, RJ

B841t Brecht, Bertolt, 1998-1956
4. ed. Teatro completo em 12 volumes, volume 1 / Bertolt Brecht ; tradução
v. 1 Marcio Aurélio ... [et. al.]. – 4. ed. – Rio de Janeiro : Paz e Terra, 2022.

Tradução de: Gesammelte Werke
ISBN 978-65-5548-050-4

1. Teatro alemão. I. Aurélio, Marcio. II. Título.

22-76939 CDD: 832
CDU: 82-2(430)

Meri Gleice Rodrigues de Souza – Bibliotecária – CRB-7/6439

Impresso no Brasil
2022

Volume 1

BAAL (1918/1919)
Tradução de Marcio Aurélio e Willi Bolle

TAMBORES NA NOITE (1919)
Tradução de Fernando Peixoto

O CASAMENTO DO PEQUENO-BURGUÊS (1919)
Tradução de Luís Antônio Martinez Corrêa
com a colaboração de Wilma Rodrigues

O MENDIGO OU O CACHORRO MORTO (1919)
Tradução de Fernando Peixoto

ELE EXPULSA UM DIABO (1919)
Tradução de Erlon José Paschoal

LUZ NAS TREVAS (1919)
Tradução de Geir Campos

A PESCARIA (1919)
Tradução de Erlon José Paschoal

Sumário

Prefácio à primeira edição brasileira

Bertolt Brecht morreu no dia 14 de agosto de 1956, mas sua obra continua viva em todas as partes do mundo. Para comemorar os trinta anos da morte de um dos maiores autores teatrais do século XX, a Editora Paz e Terra, que neste mesmo ano de 1986 comemora vinte anos de existência, lança o teatro completo de Brecht em 12 volumes, traduzido para o português.

Brecht é um dos autores estrangeiros mais encenados no país. Desde 1958, ano em que o grupo Teatro Popular de Arte montou *A alma boa de Setsuan*, no Teatro Maria Della Costa, em São Paulo, apresentando assim, pela primeira vez e com muito sucesso, uma peça do autor no Brasil, Brecht está sempre presente nos palcos brasileiros. A lista das diferentes encenações registradas no Instituto Nacional de Artes Cênicas (Inacen, Rio de Janeiro) chega, sem ser completa, a um número superior a 120, abrangendo quase dois terços das cinquenta peças, adaptações e fragmentos que Brecht escreveu ao longo de sua vida — um balanço impressionante que inclui também um grande número de traduções.

A presente edição do teatro completo de Brecht, cujos volumes vão aparecer sucessivamente em breve, nasceu de uma revisão crítica das traduções existentes. Ela aproveita os valiosos trabalhos já feitos, e os completa com novas traduções. O principal objetivo é o de fornecer, aos interessados, um texto confiável de todas as peças de Brecht em língua portuguesa, mantendo sempre os seguintes princípios:

1) Todas as peças são traduzidas fielmente do original alemão a partir da edição padrão das obras completas de Brecht, publicada em vinte volumes pela Editora Suhrkamp, sem nenhuma tentativa de adaptar ou nacionalizar o texto, mantendo-se até mesmo os nomes alemães na forma original.
2) Contrários à organização da edição original da Editora Suhrkamp, que apresenta as obras de Brecht segundo os diferentes gêneros aos quais pertencem (primeiro as peças originais, depois as adaptações, as peças de um ato, e finalmente os fragmentos), optamos por uma ordem rigorosamente cronológica, apresentando as peças conforme a sequência em que foram escritas. Só os fragmentos ficam fora dessa ordem e estão incluídos no último volume.
3) Notas do tradutor, esclarecimentos adicionais relativos a lugares, pessoas, contextos históricos etc. que aparecem no texto, assim como outros elementos de acompanhamento editorial, serão reduzidos ao máximo, para não sobrecarregar a fluidez da leitura e para deixar ao leitor ou, no caso de uma encenação, ao diretor, o campo livre para a própria criatividade.
4) Quanto à tradução das numerosas poesias e canções incluídas no texto, foi difícil chegar, em cada caso, a um bom compromisso entre tradução fiel e representabilidade teatral. Portanto, o tradutor privilegiará, em alguns casos, a fidelidade ao texto original

e, em outros, as exigências da representação teatral em língua portuguesa.

A presente edição é resultado de um trabalho coletivo, mas que conserva o perfil individual de cada tradução.

Rio de Janeiro, julho de 1986
Wolfgang Bader e Fernando Peixoto

Baal

Baal
Escrito em 1918/1919
Estreia: 8 de dezembro de 1923, em Leipzig

Tradução: Marcio Aurélio e Willi Bolle

Ao meu amigo George Pfanzelt

Personagens

Baal, poeta
Mech, negociante por atacado e editor
Emilie, sua mulher
Dr. Piller, crítico
Johannes Schmidt
Pschierer, diretor de águas e esgotos
Um moço
Uma jovem senhora
Um criado
Johanna
Ekart
Luise, garçonete
Duas irmãs
A dona de pensão
Sophie Barger
O vagabundo
Lupu
Mjurk
A cançonetista
Um pianista
O pastor
Bolleboll
Gougou
O mendigo

Maja, a mendiga
A jovem
Watzmann
A garçonete
Dois guardas
Carroceiros
Camponeses
Lenhadores

CORAL DO GRANDE BAAL

Quando do seio materno veio Baal,
O céu já era grande e pálido e calmo,
Jovem, belo, nu; um monstro-estranho céu,
Como Baal o amou quando nasceu.

E o céu em gozo e dor permanecia
Mas dormia Baal beato, não o via
Violeta noite, Baal de porre, bêbedo,
de manhã, Baal sóbrio; o céu, pêssego.

Pelos bares, hospitais e catedrais,
Trota indiferente às coisas sociais.
Vejam só: mesmo cansado andando ao léu,
Baal recolhe-se e, com ele, o céu.

E em meio ao turbilhão dos pecadores
Deitava e rolava Baal tranquilo e nu
E o céu, somente o céu, com suas cores,
Poderoso a lhe cobrir o cu.

E a Grande Puta-Mundo, às gargalhadas,
Como fazia com todos que esmagava
Se entregava dando-lhe algum orgasmo
Mas Baal não morria: observava.

Quando Baal em volta via só defuntos
Seu prazer se redobrava, era melhor
Há lugar, diz Baal, os homens não são muitos
Há lugar no ventre da mulher.

Quando uma mulher, diz Baal, se entrega toda
Então nada mais tem; que ela se foda!
Os homens que a cercam não são de nada
Já os filhos, Baal quer evitar.

Cada vício tem a sua serventia
E também, diz Baal, o homem que se vicia.
Todo aquele que sabe o que quer os faz.
Vícios, melhor dois, um é demais.

Jamais sejam preguiçosos, jamais frágeis,
Pois trepar, por Deus, é para as pessoas ágeis!
Membros fortes e experiência que valha,
E a barriga, se é mole, atrapalha.

Baal espia os urubus sobrevoando
Aguardando Baal-cadáver para atacar
Quieto, Baal simula a morte vez em quando
Urubus devora no jantar.

Quando Baal no vale de lágrimas pasta
Sob estrelas triturando seu capim
Se escasseia o pasto, Baal canta e se afasta
Para o bosque eterno, para dormir.

Quando o ventre escuro traz para baixo Baal,
Nada importa mais, porque Baal está farto
E inda guarda nos seus olhos tanto céu
Que lhe sobra céu depois de morto.

Quando no ventre-terra apodreceu Baal
O céu inda era grande, calmo e pálido
Jovem, belo, nu; um monstro-estranho céu,
Como Baal o amou quando era Baal.

SALA DE JANTAR

Mech, Emilie Mech, Pschierer, Johannes Schmidt, Dr. Piller, Baal e outros convidados entram por uma porta de dois batentes.

MECH *para Baal* — Quer um pouco de vinho, senhor Baal? *Todos se sentam, Baal no lugar de honra.*

MECH — Gosta de comer caranguejos? Isto é cadáver de enguia.

PILLER *para Mech* — Alegra-me que os imortais poemas do senhor Baal, que tive a honra de ler para vocês, sejam dignos do seu aplauso. *Para Baal*: O senhor precisa publicar seus poemas. O senhor Mech é um verdadeiro mecenas. Aí o senhor poderá até abandonar o sótão em que vive.

MECH — Compro madeiras de canela. Florestas inteiras de canela flutuam rio abaixo no Brasil. Só para mim. Mas também posso editar seus poemas.

EMILIE — O senhor mora num sótão?

BAAL *comendo e bebendo* — Klauckestrasse 64.

MECH — Eu, na verdade, sou grosso demais para a poesia. Mas o senhor tem o crânio igual a de um homem do arquipélago da Malásia, que tinha o hábito de se fazer chicotear para ir para o trabalho. Só trabalhava com os dentes à mostra.

PSCHIERER — Senhoras e senhores. Confesso com franqueza que me comoveu e abalou encontrar tal homem em condições de vida tão modestas. Os senhores sabem que descobri o nosso querido mestre em meu escritório como simples escriturário. Digo sem receio que acho vergonhoso para a nossa cidade tê-lo deixado trabalhar por uns trocados. Uma personalidade desse quilate! Congratulo-o, senhor Mech, porque sua casa será chamada de berço da fama mundial deste gênio. Sim, senhor, deste gênio. À sua saúde, senhor Baal!

Baal faz um gesto de recusa; está comendo.

PILLER — Vou escrever um artigo a seu respeito. O senhor me emprestaria seus manuscritos? Eu tenho a imprensa nas mãos.

UM MOÇO — Como consegue essa maldita ingenuidade, querido mestre? É uma ingenuidade homérica. Para mim, Homero é um autor ou um grupo de autores muito cultos que trabalham com profundo prazer com a ingenuidade da epopeia popular.

UMA JOVEM SENHORA — A mim lembra-me mais Walt Whitman. Mas o senhor é muito mais importante. É o que eu acho.

OUTRO HOMEM — Na minha opinião, tem alguma coisa de Verhaeren.

PILLER — De Verlaine! De Verlaine! Até na fisionomia. E não se esqueça do nosso Lombroso.

BAAL — Um pouco mais de enguia, por favor.

A JOVEM SENHORA — Mas o senhor tem a vantagem de ser muito mais indecente.

JOHANNES — O senhor Baal canta seus poemas aos carroceiros, numa taberna perto do rio.

O MOÇO — Meu Deus, o senhor ultrapassa a todos. Os poetas existentes não chegam nem a seus pés.

OUTRO HOMEM — De qualquer modo, ele é uma esperança.

BAAL — Mais um pouco de vinho, por favor.

O HOMEM — Considero-o o antecessor do Grande Messias da poesia europeia, que estamos esperando com certeza para esses próximos tempos.

A JOVEM SENHORA — Venerado mestre, prezados senhores. Permitam-me que leia aqui um poema da revista “Revolução”. É um poema que interessará a todos. *Levanta-se e lê*:

O poeta foge aos acordes brilhantes.
Sopra a tuba, chicoteia tambores estridentes.
Excita o povo com frases entrecortadas.
O novo mundo
Exterminando o mundo da dor,
Ilha da humanidade feliz.
Discursos. Manifestos.
Canto das tribunas.
Viva o novo Estado, o Estado sagrado,
E penetre no sangue dos povos, sangue do seu sangue.
Chegou o paraíso.
— Vamos propagar a atmosfera dos temporais! —
Aprendei! Preparai-vos! Exercitai-vos!

Aplausos.

JOVEM SENHORA *excitada* — Permitam-me que continue. Há outro poema neste número. *Lê*:

Devorado de sol e de calor,
Ressecado pelo vento,
Nenhuma árvore o aceitou,
Em toda parte ele caiu no chão.

Somente uma árvore
Abarrotada de frutos vermelhos,
Como línguas de fogo,
Lhe deu abrigo.

E ele ficou ali suspenso,
Com os pés tocando a relva.
Sangrento, o sol poente
Atravessou-lhe as costelas molhadas,

Descortinou todos os bosques de oliveiras
Que havia na paisagem.
Deus envolto em vestes brancas
Apareceu nas nuvens.

Nos vales floridos,
Gerações de serpentes cantantes.
Nas gargantas prateadas,
Suaves rumores.

E todos tremeram
Sobre o reino da folhagem,
Ouvindo a mão do pai,
Leve, nas veias transparentes."

Aplausos.

EXCLAMAÇÕES DO TIPO — Genial! — Demoníaco mas de bom gosto! — Divino!

A JOVEM SENHORA — Na minha opinião, este poema é o que mais se aproxima do sentimento do mundo de Baal.

MECH — Devia viajar. As montanhas da Abissínia. Você haveria de gostar.

BAAL — As montanhas não vêm até mim.

PILLER — Para quê? Com toda essa vitalidade! Seus poemas me impressionaram muitíssimo.

BAAL — Os carroceiros, quando gostam dos poemas, pagam.

MECH *bebendo* — Vou editar seus poemas. Deixo os troncos flutuando ou faço as duas coisas.

EMILIE — Não devia beber tanto.

BAAL — Não tenho camisas. Preciso de camisas brancas.

MECH — O senhor não se interessa pelo negócio da edição?

BAAL — Mas teriam de ser macias.

PILLER *irônico* — A propósito, e eu posso ser útil em quê?

EMILIE — O senhor faz poemas tão belos, senhor Baal. Nisto o senhor é tão delicado.

BAAL *para Emilie* — Não quer tocar alguma coisa no harmônio? *Emilie toca.*

MECH — Gosto muito de comer ouvindo harmônio.

EMILIE — Senhor Baal, por favor, não beba tanto.

BAAL *olhando para Emilie* — Há troncos de canela flutuando para você, Mech? Florestas inteiras abatidas?

EMILIE — Fique à vontade, pode beber quanto quiser. Eu só queria pedir...

PILLER — Mesmo bebendo o senhor promete muito.

BAAL *para Emilie* — Continue tocando! Você tem belos braços. *Emilie para e vai até a mesa.*

PILLER — Não aprecia a música por ela mesma?

BAAL — Não consigo ouvir a música. Vocês estão falando demais.

PILLER — O senhor é um bicho raro, senhor Baal. E ao que parece, não quer editar seus poemas.

BAAL — Animais também fazem parte dos seus negócios, Mech?

MECH — Tem algo contra?

BAAL *acariciando o braço de Emilie* — O que o senhor tem a ver com meus poemas?

MECH — Eu estava querendo lhe fazer um favor. Emilie, você não quer descascar mais maçãs?

PILLER — Ele tem medo de ser explorado. — O senhor pensou em algum emprego para mim?

BAAL — Anda sempre de mangas largas, Emilie?

EMILIE — Agora o senhor devia parar de tomar vinho.

PSCHIERER — Talvez devesse tomar mais cuidado com o álcool. Há gênios que...

MECH — O senhor não quer que lhe mande preparar um banho? Que mande fazer a cama? O senhor não quer mais nada?

PILLER — Neste momento, as camisas flutuam rio abaixo, Baal. Logo atrás dos poemas.

BAAL *bebendo* — Por que os monopólios? Vá você para a cama, Mech.

MECH *levantando-se* — Gosto de todos os animais criados por Deus. Mas com esse tipo de animal não se chega a nenhum termo. Vamos, Emilie, vamos, meus senhores.

Todos se levantam, indignados.

EXCLAMAÇÕES DO TIPO — Senhor! — Isso é um absurdo! — É um disparate!

PSCHIERER — Senhor Mech, estou profundamente abalado...

PILLER — Sua poesia tem algo de perverso.

BAAL *para Johannes* — Como se chama esse senhor?

JOHANNES — Piller.

BAAL — Piller, pode me mandar papel de jornal velho.

PILLER *saindo* — Para mim, o senhor não existe! Para a literatura, o senhor também não existe.

Todos saem, menos Baal.

CRIADO *entrando* — Seu casaco, senhor.

SÓTÃO DE BAAL

Noite cheia de estrelas. Na janela estão Baal e o jovem Johannes. Olham para o céu.

BAAL — Quando à noite estamos deitados na relva, completamente estendidos, sentimos com os ossos que a Terra é redonda, que estamos voando e que nesta estrela há animais que devoram suas plantas. É uma das estrelas menores.

JOHANNES — Você entende de astronomia?

BAAL — Não.

Silêncio.

JOHANNES — Tenho uma namorada, que é a mulher mais inocente do mundo. Mas, em sonho, uma vez a vi dormindo com um tronco de árvore. Deixe eu explicar: ela estava deitada sobre o tronco da árvore, e os ramos nodosos abraçavam seu corpo branco. Desde então não consigo mais dormir.

BAAL — Você já viu alguma vez o seu corpo branco?

JOHANNES — Não. Ela é pura. Nem os joelhos — há muitos graus de inocência, não é? No entanto, de noite, quando fica por um momento nos meus braços, treme como uma folha. Mas somente de noite. Mas eu sou fraco demais para conseguir. Ela só tem dezessete anos.

BAAL — No seu sonho ela gostava do amor?

JOHANNES — Sim.

BAAL — Ela usa roupa branca no corpo, branca como a neve, entre os joelhos? Quando você dormir com ela, talvez veja que ela é só um montão de carne, já sem rosto.

JOHANNES — Você disse exatamente o que eu sinto. Eu me achava um covarde. Mas agora vejo que você também acha a união física uma coisa suja.

BAAL — Esse é o grito dos porcos que não conseguiram. Quando você agarra as ancas de uma virgem, o medo e a felicidade daquela criatura te transformam em um deus. Assim como as árvores têm muitas raízes, entrelaçadas, vocês também têm muitos membros na cama, e dentro deles bate o coração e corre o sangue.

JOHANNES — Mas isto é punido pelas leis e pelos pais!

BAAL — Seus pais — *pegando o violão* — são pessoas decrépitas. Como é que essas pessoas querem abrir a boca, cheia de dentes podres, contra o amor de que qualquer um pode morrer? Se vocês não aguentam o amor, a única solução é vomitá-lo? *Afina o violão.*

JOHANNES — Se ela engravidar?

BAAL *com alguns acordes ásperos* — Quando o pálido e tranquilo verão chegar ao fim e eles estiverem encharcados de amor como esponjas, vão se transformar novamente em animais, maus e infantis, disformes com grandes barrigas e peitos caídos, com braços úmidos que agarram como polvos viscosos, e seus corpos ficam destroçados e débeis, até morrer. E em meio a estrondosos gritos, como se fosse um novo cosmos, seus corpos parirão um pequeno fruto. E vomitarão com dor o que antes tinham engolido com volúpia. *Outros acordes.* É preciso ter dentes, e então o amor será como rasgar uma laranja, e o sumo escorrendo por entre os dentes.

JOHANNES — Seus dentes são como os de um animal: pardacentos, sólidos, sinistros.

BAAL — O amor é como quando se deixa o braço mergulhado na água de um lago, com algas entre os dedos; é como a tormenta na qual a árvore embriagada começa a cantar rangendo quando é cavalgada pelo vento selvagem; é como um afogar-se no vinho num dia muito quente, e seu corpo como um vinho gelado penetra por todos os poros, e os membros são suaves como plantas no vento, e a força do impacto que se amortece é como voar contra a tempestade, e um corpo rola sobre o outro como cascalho. Mas o amor também é como uma noz de coco, que só é boa enquanto fresca, mas que se tem que cuspir quando seu sumo já foi sugado e resta apenas o bagaço amargo. *Joga o violão.* Já estou cheio desta cantilena.

JOHANNES — Você acha então que eu devo fazê-lo, já que é uma felicidade tão grande?

BAAL — Eu acho que você deve tomar muito cuidado com isso, Johannes!

TABERNA

De manhã. Baal. Carroceiros. Ekart mais ao fundo com a garçonete Luise. Através da janela veem-se nuvens brancas.

BAAL *contando aos carroceiros* — Ele me expulsou de suas salas brancas porque cuspi seu vinho. Mas a mulher dele veio atrás de mim, e à noite fizemos uma festa. Agora anda pendurada em mim e já estou cheio dela.

CARROCEIROS — Ela devia levar uma boa surra. Elas estão no cio, como as éguas, só que são mais bestas. Deve levar porrada! — Eu sempre dou uma boa surra na minha mulher, antes de satisfazê-la.

JOHANNES *entra com Johanna* — Esta é Johanna.

BAAL *para os carroceiros que vão para trás* — Daqui a pouco eu vou cantar para vocês. Bom dia, Johanna.

JOHANNA — O Johannes leu-me canções suas.

BAAL — Quantos anos você tem?

JOHANNES — Fez dezessete em junho.

JOHANNA — Tenho ciúmes de você. O Johannes só fala em você.

BAAL — Está apaixonada pelo Johannes! Agora é primavera. Eu estou esperando Emilie. — Amar é melhor do que comer e beber.

JOHANNES — Eu compreendo porque você atrai o coração dos homens, mas como é que consegue ter sorte com as mulheres?

Emilie entra rapidamente.

BAAL — Aí vem ela. Bom dia, Emilie. O Johannes trouxe a noiva. Sente-se.

EMILIE — Como é que você me manda vir aqui? Uma taverna com gente da pior espécie! Só mesmo você!

BAAL — Luise! Uma aguardente para a senhora!

EMILIE — Você quer me expor ao ridículo?

BAAL — Não. Tem que beber. Um ser humano é um ser humano.

EMILIE — Mas você não é humano.

BAAL — Já sabe que eu sou assim. *Estende o copo a Luise.* Bota mais, menina! *Abraça-a.* Hoje você está macia, um figo doce.

EMILIE — Que falta de gosto você tem!

BAAL — Fale mais alto, querida!

JOHANNES — Isto aqui é muito interessante. O povo simples. Como bebe e se diverte! E além do mais, as nuvens na janela!

EMILIE — Ele também a trouxe aqui? Para as nuvens brancas?

JOHANNA — Johannes, não seria melhor irmos para o campo perto do rio?

BAAL — Nada disso! Vocês ficam! *Bebe.* O céu é roxo, sobretudo quando se está de porre. Mas as camas são brancas. Antes. O amor está entre o céu e o chão. *Bebe.* Por que vocês são tão covardes? O céu está aberto, e vocês são sombras miúdas! Ele está cheio de corpos! Pálido de amor!

EMILIE — Já bebeu demais outra vez, e agora começa a falar. E com essas maravilhosas e malditas palavras ele envolve a gente!

BAAL — O céu — *bebe* — às vezes é amarelo. Com aves de rapina dentro. Vocês também têm de se embebedar. *Olha embaixo da mesa.* Quem me chutou a canela? Foi você, Luise? Ah, então foi você, Emilie! Ora, não faz mal. Vamos beber!

EMILIE *quase se levantando* — Não sei o que você tem hoje. Acho que eu fiz mal de ter vindo aqui me encontrar com você.

BAAL — Só agora você se dá conta? Agora pode ficar sossegada.

JOHANNA — Não devia fazer isso, senhor Baal.

BAAL — Você tem bom coração, Johanna. Provavelmente nunca há de enganar seu marido, hein?

CARROCEIRO 1 *estourando na gargalhada* — Truco, corta!

CARROCEIRO 2 — Vai fundo, disse a moça, que o buraco é raso. *Gargalhadas.* Chupa que o figo é doce!

CARROCEIRO 3 — "Você não tem vergonha de ser infiel!", disse a patroa ao criado, quando o pegou trepando com a criada! *Gargalhadas.*

JOHANNES *para Baal* — Ao menos por causa de Johanna, que ainda é uma criança!

JOHANNA *para Emilie* — Quer vir comigo? Vamos embora juntas.

EMILIE *soluçando sobre a mesa* — Agora estou totalmente envergonhada.

JOHANNA *abraçando-a* — Eu a compreendo perfeitamente. Não faz mal.

EMILIE — Não me olhe desse jeito. Ainda é tão nova. Ainda não sabe de nada.

BAAL *levantando-se, soturno* — Uma comédia: As irmãs no Hades! *Vai para junto dos carroceiros, tira o violão da parede e afina.*

JOHANNA — Ele bebeu demais, minha senhora. Amanhã já estará arrependido.

EMILIE — Se soubesse: ele é sempre assim. E eu o amo.

BAAL *canta*:

Orge me disse que o melhor lugar
Não é a sepultura dos meus pais,

Nem o confessionário, nem bordéis,
Nem o macio colo quente e gordo.

Orge me disse que o melhor lugar
Para ele era sempre a privada.

É um lugar onde se está contente,
Por cima estrela, por baixo estrume.

Lugar maravilhoso, onde se pode
Mesmo em lua de mel ficar sozinho.

Na humildade, lá você se encontra:
Um ser humano que nada retém.

Lugar onde toda sabedoria
Prepara a pança para novas orgias.

Descansa-se o corpo agradavelmente,
Fazendo-se algo para si com afinco.

Lá você se reconhece a si mesmo,
Um ser glutão que come na privada.

CARROCEIROS *aplaudindo* — Bravo! — Bela canção! — Uma aguardente para o senhor Baal, se ele quiser aceitar! E ele fez a canção sozinho! — Merece respeito!

LUISE *no meio da sala* — O senhor, hein, senhor Baal!

CARROCEIRO 1 — Se se dedicasse a coisas úteis, poderia fazer maravilhas! Poderia se tornar empreiteiro em pouco tempo.

CARROCEIRO 2 — É de uma cabeça assim que a gente precisava!

BAAL — Cabeça não basta. O traseiro e o resto também são importantes. À sua saúde, Luise! *Volta à sua mesa.* À sua saúde, Emi! Vê se pelo menos bebe alguma coisa, já que não é capaz de fazer mais nada! Beba, já disse!

Emilie, com lágrimas nos olhos, bebe um golinho do copo.

BAAL — Assim está bem. Assim você se acende um pouco!

EKART *levantou-se, vem devagar por detrás do balcão até Baal. É um rapaz magro, mas forte* — Baal! Deixe disso! Vem comigo, irmão! Para as estradas de pó áspero! De noite, o ar fica roxo! Vamos para as tabernas cheias de bêbados: para dentro dos rios negros caem as mulheres que você trepou. Para as catedrais com as mulherezinhas brancas; você diz: pode-se respirar aqui? Aos estábulos, onde se dorme entre os animais: são escuros e ecoam com o mugido das vacas. Para as florestas, onde se ouve o tinir dos metais no alto e onde se esquece a luz do céu: Deus esqueceu-se de nós. Você ainda sabe como é o céu? Você se transformou num cantor! *Abre os braços.* Vem comigo, irmão! Dança, música, vinho! Chuva que nos molha até os ossos! Sol que nos arrebenta a pele! Trevas e luz! Mulheres e cães! Será que sua decadência chegou a tanto?

BAAL — Luise! Luise! Uma âncora! Não me deixa afundar com ele! *Luise corre até ele.* Ajudem-me, amigos!

JOHANNES — Não se deixe seduzir!

BAAL — E agora?

JOHANNES — Pense na sua mãe e na sua arte! Seja forte! *Para Ekart*: Tenha vergonha! O senhor é o diabo em pessoa.

EKART — Vem, irmão Baal! Voaremos felizes no azul como dois pombos brancos! Rios na luz da madrugada! Cemitérios ao vento e o perfume dos campos infinitos, antes de serem abatidos!

JOHANNA — Tenha força, senhor Baal!

EMILIE *agarra-se a ele* — Você não pode! Ouve! Seria um desperdício!

BAAL — Ainda é cedo, Ekart! Há outros caminhos! Eles não vão conosco, irmão!

EKART — Vá para o diabo, cabeça de criança com coração gordo! *Sai.*

CARROCEIROS — Sai o dez de paus! — Demônio! Vamos contar. — Chega, acabou!

JOHANNA — Desta vez venceu, senhor Baal!

BAAL — Estou suando! Luise, você tem algum compromisso para hoje?

EMILIE — Não fale assim, Baal! Você sabe que isso me dói.

LUISE — Deixe em paz a madame, senhor Baal. Até uma criança pode ver que ela não está bem.

BAAL — Fique quieta, Luise! Horgauer!

CARROCEIRO I — O que quer de mim?

BAAL — Esta aqui é uma infeliz que precisa de amor. Dê-lhe um beijo, Horgauer!

JOHANNES — Baal!

Johanna abraça Emilie.

CARROCEIROS *batem na mesa às gargalhadas* — Vai firme, André! — Agarra! — Essa aí é coisa fina. Mas primeiro limpa o nariz, André! — O senhor é um animal, senhor Baal!

BAAL — Você é frígida, Emilie? Você me ama? Ele é tímido, Emi! Beije-o você! Se você me decepcionar na frente dessa gente, está tudo acabado entre nós! Um... dois...

O carroceiro inclina-se. Emilie ergue para ele o rosto cheio de lágrimas; ele a beija ruidosamente. Gargalhadas.

JOHANNES — Isso foi uma maldade, Baal! A bebida o torna perverso, faz com que ele se sinta bem. Ele é forte demais.

CARROCEIROS — Bravo! Quem mandou andar pelos bares! — Isso que é macho! — Ela é uma adúltera! — Bem feito! *Começam a levantar-se.* — Tem que levar porrada!

JOHANNA — Que horror! Devia ter vergonha!

BAAL *aproxima-se dela* — Por que os teus joelhos estão tremendo, Johanna?

JOHANNES — O que é que você quer?

BAAL *colocando-lhe a mão no ombro* — Por que é que você precisa fazer versos? A vida é tão decente: quando nos abandonamos de costas numa torrente rápida, nus sob um céu alaranjado, e não se vê absolutamente nada a não ser o céu que se torna roxo, e depois negro como um buraco... quando pisoteamos nosso inimigo... ou transformamos em música um desgosto... ou comemos uma maçã quando perdemos um amor... ou curvamos sobre um leito... um corpo de mulher...

Johannes, sem dizer nada, leva Johanna para fora.

BAAL *encostado na mesa* — Vocês sentiram? Sentiram na pele? Isto, sim, foi um espetáculo! Temos que pôr para fora o animal que há dentro de nós! Fazê-lo agir à luz do sol! A conta! Expor o amor à luz do dia! Nu ao sol, debaixo do céu!

CARROCEIROS *apertando-lhe as mãos* — Adeus, senhor Baal! — Sempre às suas ordens, senhor Baal! — Olhe, senhor Baal: eu por minha parte sempre pensei assim: o senhor Baal é meio maluco. Essas canções e o resto. Mas uma coisa é certa: o senhor tem o coração no lugar exato! — É preciso saber lidar com as mulheres!

— Hoje mostrou-se aqui uma bunda branca. — Muito bom dia, senhor domador! *Saem.*

BAAL — Bom dia, meus amigos! *Emilie jogou-se sobre o banco, soluçando. Baal passa-lhe as costas da mão pela testa.* Emi! Agora você pode ficar sossegada. Já acabou tudo. *Ergue-lhe o rosto, afasta-lhe os cabelos do rosto molhado.* Esqueça! *Joga-se pesadamente sobre ela e beija-a.*

SÓTÃO DE BAAL

1

Amanhecer. Baal e Johanna sentados na beira da cama.

JOHANNA — Ai, o que é que eu fiz! Sou uma perdida.

BAAL — É melhor você ir se lavar!

JOHANNA — Eu nem sei bem como é que…

BAAL — O Johannes é que foi culpado de tudo. Arrastou você até aqui e saiu de mansinho quando percebeu por que os teus joelhos tremiam.

JOHANNA *levanta-se, baixinho* — Quando ele voltar…

BAAL — Agora vem a literatura. *Recostando-se.* Amanhecer no Monte Ararate.

JOHANNA — Posso me levantar?

BAAL — Depois do dilúvio. Fique deitada!

JOHANNA — Não quer abrir a janela?

BAAL — Gosto do cheiro. — O que você acha de uma nova edição? O que se foi, perdido está.

JOHANNA — Como o senhor pode ser tão vulgar!

BAAL *espreguiçando-se na cama* — Branco e purificado pelo dilúvio, Baal deixa voar seus pensamentos, como pombos sobre as águas negras.

JOHANNA — Onde está minha combinação? Assim não posso...

BAAL *entregando-lhe* — Toma! — O que é que você não pode, querida?

JOHANNA — Ir para casa. *Deixando cair a combinação, mas vai se vestindo.*

BAAL *assobia*— Você é demais! Estou literalmente quebrado. Me dá um beijo!

JOHANNA *à mesa, no meio do quarto* — Diga qualquer coisa! *Baal cala-se.* Você ainda me ama? Diga! *Baal assobia.* Não consegue dizer?

BAAL *olhando para o teto* — Estou farto dessa história.

JOHANNA — Então, o que significou esta noite para você? E agora há pouco?

BAAL — O Johannes é capaz de fazer um escândalo. E a Emilie anda por aí como um navio prestes a afundar. E eu acabo morrendo de fome, já que vocês não movem uma palha pra mim. Vocês só pensam naquilo.

JOHANNA *desconcertada, arruma a mesa* — E você, nunca teve outros sentimentos por mim?

BAAL — Você se lavou? Seja realista! Será que não foi bom? Então, vai para tua casa! Pode dizer ao Johannes que eu te levei ontem para casa e que estou furioso com ele. Choveu. *Enrola-se no cobertor.*

JOHANNA — O Johannes? *Arrasta-se até a porta.*

BAAL *vira-se bruscamente* — Johanna! *Pula da cama e corre até a porta.* Johanna! *À janela.* Lá vai ela correndo! Lá vai ela correndo!

2

Meio-dia. Baal está deitado na cama.

BAAL *cantarolando*:

A bebedeira torna escuro
O entardecer; às vezes roxo;
E teu corpo debaixo da camisa
Que vai ser arrancada...

As duas irmãs entram abraçadas.

IRMÃ MAIS VELHA — O senhor nos disse para virmos visitá-lo outra vez.

BAAL *continua cantarolando*:

...Numa imensa cama branca.

MAIS VELHA — Senhor Baal, estamos aqui.

BAAL — Duas pombas de uma vez. Tirem a roupa!

MAIS VELHA — Na semana passada, a mãe ouviu as escadas rangendo. *Desabotoa a blusa da irmã.*

MAIS NOVA — Já estava escuro, quando subimos às escondidas para o seu quarto.

BAAL — Qualquer dia eu me canso de vocês.

MAIS NOVA — Eu me jogaria no rio, senhor Baal!

MAIS VELHA — Nós somos duas...

MAIS NOVA — Tenho vergonha, irmã.

MAIS VELHA — Não é a primeira vez...

MAIS NOVA — Mas nunca foi com tanta luz, irmã. Lá fora é meio-dia.

MAIS VELHA — ...nem a segunda.

MAIS NOVA — Você também tem que se despir.

MAIS VELHA — Eu também vou me despir.

BAAL — Quando estiverem prontas, venham cá. Até lá já deve estar escuro.

MAIS NOVA — Hoje você vai primeiro, irmã.

MAIS VELHA — Da última vez também fui a primeira...

MAIS NOVA — Não, fui eu.

BAAL — Então, venham as duas ao mesmo tempo.

MAIS VELHA *de pé, abraçando a mais nova* — Estamos prontas, está tão claro aqui dentro.

BAAL — Está calor lá fora?

MAIS VELHA — E só estamos na primavera.

MAIS NOVA — Mas o sol lá fora está quentíssimo.

BAAL — Vocês gostaram da última vez?

Silêncio.

MAIS VELHA — A Johanna Reiher atirou-se no rio.

MAIS NOVA — No rio. Eu não faria isso. Tem muita correnteza.

BAAL — Atirou-se no rio? E alguém sabe por quê?

MAIS VELHA — As pessoas comentam. Dizem coisas.

MAIS NOVA — Saiu de tarde, passou a noite fora de casa.

BAAL — E não voltou pela manhã?

MAIS NOVA — Não, atirou-se no rio. Mas ainda não encontraram o corpo.

BAAL — Ainda está boiando...

MAIS NOVA — O que é que você tem, irmã?

MAIS VELHA — Nada. Estou com frio.

BAAL — Hoje me sinto preguiçoso demais, podem ir embora.

MAIS VELHA — O senhor não pode fazer isso, senhor Baal. Não pode fazer isso com a gente!

Batidas na porta.

MAIS NOVA — Bateram na porta. É mamãe!

MAIS VELHA — Pelo amor de Deus, não abra!

MAIS NOVA — Tenho medo, irmã.

MAIS VELHA — Toma sua blusa.

Batidas mais fortes.

BAAL — Se for sua mãe, vocês que se virem!

MAIS VELHA *vestindo-se rapidamente* — Espere um pouquinho antes de abrir. Tranque a porta, pelo amor de Deus!

DONA DA PENSÃO *gorda, entrando* — Vejam só, exatamente o que eu pensava! E logo duas de uma vez! Vocês não têm vergonha? Duas marrecas no mesmo lago! De manhã até a noite e da noite até a manhã a cama dele não esfria. Mas agora chega: o meu sótão não é bordel!

Baal volta-se para a parede.

DONA DA PENSÃO — O senhor deve estar cansado, não é mesmo? Nunca se cansa da carne? Já está até transparente, até parece o espírito em pessoa. O senhor está que é só pele e osso.

BAAL *com um movimento dos braços* — Elas vêm voando como cisnes para o meu ninho.

DONA DA PENSÃO *batendo as mãos* — Belos cisnes! Que modo de falar! O senhor poderá ser poeta, se os seus joelhos não lhe apodrecerem primeiro.

BAAL — Adoro corpos brancos.

DONA DA PENSÃO — Corpos brancos! O senhor é mesmo um poeta! Fora disso, não é mais nada. E estas pobrezinhas! São irmãs, não são? São umas pobres órfãs, com vontade de chorar. E se eu lhes batesse, hein, seus corpos brancos?

Baal ri.

DONA DA PENSÃO — E ainda por cima ri? Perverte pobres crianças aos montes, levando-as para sua toca! Animal! O senhor será despejado. Agora, vocês, vão para a casa de sua mãe, já! Eu vou já para lá!

A mais nova chora mais alto.

MAIS VELHA — Ela não tem culpa, minha senhora.

DONA DA PENSÃO *levando-as pela mão* — Então, agora temos choro? Ai, que gente! Não pensem que são as únicas! Ele adora cisnes. Já depenou um monte e jogou a carcaça fora. Mas agora fora daqui! Vamos acabar com essa choradeira! *Põe a mão nos ombros das irmãs.* Sei como ele é. Conheço essa laia! Não chorem, senão sua mãe vai perceber. Deem-se as mãos e voltem para casa, e não voltem a fazer isso. *Empurra-as para fora.* E quanto ao senhor: ponha-se daqui para fora! Veja se monta seu terreiro de cisnes em outro lugar! *Empurra as meninas para fora e sai.*

BAAL *levanta-se e se espreguiça* — Uma vaca, mas tem bom coração! Hoje estou morrendo de preguiça. *Atira papel sobre a mesa e senta-se.* Vou criar um novo Adão. *Traça grandes letras no papel.* Experimento o homem interior. Estou completamente oco, mas com uma fome canina. Só tenho pele e osso. Vaca! *Inclina-se para trás, espreguiçando-se totalmente.* Agora vou criar o verão. Vermelho. Escarlate. Voraz. *Continua cantarolando.*

3

Noite. Baal sentado à mesa.

BAAL *pega a garrafa de aguardente nos intervalos* — Já é o quarto dia que fico rabiscando papéis enchendo-os com o verão vermelho, selvagem, pálido, voraz e lutando com a garrafa de aguardente. Tenho sofrido aqui derrotas, mas os corpos começam a recuar até as paredes escuras, até as trevas do Egito. Eu prego-os nas paredes de madeira mas para isso não posso beber. A aguardente branca é meu bastão e meu guia. Desde que a neve está derretendo, ela reflete inalterável o meu papel. Mas agora minhas mãos estão tremendo. Como se ainda estivessem segurando os corpos. *Escutando.* Meu coração bate como uma pata de cavalo. *Delirando*: Ó Johanna, mais uma noite no seu aquário e eu teria apodrecido entre os peixes! Mas agora está em mim o cheiro das suaves noites de primavera. Sou um amante sem amada. Fui vencido. *Bebe, levanta-se.* Tenho que sair daqui. Mas primeiro vou arranjar uma mulher. A pior coisa que existe é se despir sozinho. *Olha pela janela.* Uma qualquer, com cara de mulher! *Sai cantarolando. Em baixo, um harmônio toca "Tristão".*

Johannes entra, pálido, completamente acabado. Remexe nos papéis que estão sobre a mesa. Ergue a garrafa. Vai acanhadamente até a porta e fica lá esperando.

Barulho na escada. Assobios.

BAAL *entra, arrastando Sophie Barger. Assobia* — Seja boazinha, querida! Este é meu quarto. *Faz ela sentar-se. Percebe Johannes.* O que você está fazendo aqui?

JOHANNES — Eu só queria...

BAAL — Ah, sim? Queria? Fica aí plantado como a pedra tumular da minha Johanna que se foi? O cadáver de Johannes surgido do outro mundo, não é? Eu jogo você para fora. Suma já da minha frente! *Vai em volta dele.* Que descaramento! Eu arrebento você contra a parede, já que estamos na primavera! Fora daqui!

Johannes olha para ele e sai. Baal assobia.

SOPHIE — Que foi que o rapaz lhe fez? Deixe-me ir embora!

BAAL *escancarando a porta* — No primeiro andar, lá embaixo, vire à direita.

SOPHIE — Eles vieram atrás de nós quando o senhor me pegou nos braços diante da porta. Vão me encontrar.

BAAL — Aqui ninguém vai encontrá-la.

SOPHIE — Eu nem conheço o senhor. O que pretende fazer comigo?

BAAL — Se você vai ficar fazendo esse tipo de perguntas, é melhor ir embora.

SOPHIE — O senhor me atacou no meio da rua. Pensei que fosse um orangotango.

BAAL — É primavera. Eu precisava de qualquer coisa branca nesta toca maldita. Uma nuvem. *Abre a porta e fica escutando.* Os idiotas se perderam.

SOPHIE — Se eu chegar muito tarde em casa vão me castigar.

BAAL — Ainda mais dessa maneira.

SOPHIE — Como assim?

BAAL — Da maneira como se fica depois de ter sido amada por mim.

SOPHIE — Nem sei porque ainda estou aqui.

BAAL — Eu posso lhe dizer.

SOPHIE — Por favor, não pense mal de mim.

BAAL — Por que não? Você é uma mulher como as outras. A cabeça é diferente, mas os joelhos são todos igualmente fracos.

SOPHIE *quer ir embora, mas para antes da porta*; *olha para Baal, que a observa, sentado a cavalo numa cadeira* — Adeus!

BAAL *impassível* — Não está se sentindo bem?

SOPHIE — Não sei, sinto-me tonta. *Encosta-se à parede.*

BAAL — Eu sei, é o despertar da primavera. Já está ficando escuro e você sente o meu cheiro. Os animais são assim. *Levanta-se.* E agora você pertence ao vento, nuvem branca! *Rápido vai até ela, fecha violentamente a porta, toma-a nos braços.*

SOPHIE *sem fôlego* — Deixe-me!

BAAL — Chamo-me Baal.

SOPHIE — Deixe-me!

BAAL — Você tem que me consolar. Eu estava enfraquecido pelo inverno. E você tem cara de mulher.

SOPHIE *olha para ele* — Você se chama Baal?

BAAL — Você ainda quer ir para casa?

SOPHIE *olhando de novo para ele* — Você é tão feio, tão feio que dá medo... Mas depois...

BAAL — Hum?

SOPHIE — Depois não tem importância.

BAAL *beijando-a* — Você tem joelhos fortes, não tem?

SOPHIE — Você não quer saber o meu nome? Eu me chamo Sophie Barger.

BAAL — Esqueça. *Beija-a.*

SOPHIE — Não... não... Sabe, a mim ninguém ainda me...

BAAL — Ninguém ainda a tocou? Vem! *Leva-a para a cama ao fundo. Sentam-se.* Está vendo! Neste quarto havia pilhas de corpos. Mas agora eu quero um rosto. Hoje à noite vamos sair. Deitaremos entre as plantas. Você é uma mulher. Eu estou maculado. Você tem que me amar durante algum tempo!

SOPHIE — Você é sempre assim?... Gosto de você.

BAAL *deita a cabeça no peito dela* — Agora só temos o céu sobre nós e estamos sozinhos.

SOPHIE — Mas você tem que ficar quieto.

BAAL — Como uma criança.

SOPHIE *erguendo-se* — Minha mãe. Tenho de ir para casa.

BAAL — Sua mãe é velha?

SOPHIE — Tem setenta anos.

BAAL — Então ela já se acostumou à desgraça.

SOPHIE — E se o chão me engolir? E se de noite me arrastarem para uma toca e eu nunca mais voltar?

BAAL — Nunca mais? *Silêncio.* Você tem irmãos?

SOPHIE — Tenho. E eles precisam de mim.

BAAL — O ar aqui no quarto é como leite. *Levanta-se e vai até a janela.* Os salgueiros junto ao rio estão molhados, revolvidos pela chuva. *Agarra-a.* Suas coxas devem ser pálidas.

CASAS CAIADAS COM TRONCOS DE ÁRVORES

Sinos sombrios. Baal. O vagabundo, um homem pálido e bêbado.

BAAL *dá grandes passadas em meio círculo, em volta do vagabundo que está sentado numa pedra e ergue para o alto o rosto pálido* — Quem é que pregou contra as paredes os corpos mortos das árvores?

VAGABUNDO — O ar pálido, cor de marfim, em volta dos corpos mortos das árvores: Corpo de Deus.

BAAL — E os sinos tocam, quando as árvores morrem!

VAGABUNDO — Os sinos me elevam.

BAAL — E as árvores não te abatem?

VAGABUNDO — Ora, árvores mortas! *Bebe de uma garrafa de aguardente.*

BAAL — Os corpos das mulheres não são melhores!

VAGABUNDO — O que é que o corpo das mulheres tem a ver com a procissão?

BAAL — São tudo porcaria! Você não ama.

VAGABUNDO — O corpo branco de Jesus: é a ele que amo! *Passa-lhe a garrafa.*

BAAL *apaziguado* — Tenho canções escritas no papel. Mas agora vou pregá-las nas paredes do banheiro.

VAGABUNDO *transfigurado* — Servir! Ao meu Senhor Jesus: vejo o corpo branco de Jesus. Vejo o corpo branco de Jesus. Jesus amava o mal.

BAAL *bebe* — Como eu.

VAGABUNDO — Você conhece a passagem de Jesus e do cachorro morto? Todos diziam: é um cadáver pestilento! Chamem os guardas! Não se pode aguentar! Mas Jesus disse: ele tem lindos dentes brancos.

BAAL — Talvez eu me torne católico.

VAGABUNDO — Ele não se converteu. *Toma-lhe a garrafa.*

BAAL *indignado, dá mais alguns passos* — Mas os corpos de mulheres que ele prega na parede, isso eu não faria.

VAGABUNDO — Pregadas na parede! Elas não vinham boiando rio abaixo! Foram sacrificadas para ele, o branco corpo de Jesus.

BAAL *toma-lhe a garrafa e lhe dá as costas* — Ou você é muito religioso ou está muito bêbado. *Sai com a garrafa.*

VAGABUNDO *gritando para ele, fora de si* — O senhor não quer lutar por seus ideais! Não quer entrar na procissão? Ama as plantas, mas não quer fazer nada por elas?

BAAL — Vou lá embaixo, até o rio, me lavar. Nunca me preocupei com cadáveres. *Sai.*

VAGABUNDO — Bebi demais, não aguento isso. Não aguento o raio dessas árvores mortas. Com mais aguardente no bucho, eu talvez aguentasse.

NOITE DE MAIO SOB AS ÁRVORES

Baal. Sophie.

BAAL *preguiçoso* — Agora parou a chuva. A relva ainda deve estar molhada... As nossas folhas não deixaram passar a água... Estão encharcadas. Mas aqui nas raízes está tudo seco. *Zangado*: Por que é que não se pode dormir com as plantas?

SOPHIE — Escuta!

BAAL — O sussurro selvagem do vento na folhagem úmida e escura! Você está ouvindo a chuva pingar através das folhas?

SOPHIE — Caiu uma gota no meu pescoço... Ai, deixe-me!

BAAL — O amor nos arranca a roupa do corpo como um redemoinho, e nos enterra nus com cadáveres de folhas, depois de termos visto o céu.

SOPHIE — Eu queria me esconder dentro de você, Baal, porque estou nua.

BAAL — Eu estou bêbado e é você que vacila. O céu está negro e nós andamos balançando com o amor no corpo, e o céu está negro. Eu te amo.

SOPHIE — Oh, Baal! Minha mãe está chorando o meu cadáver, achando que eu me afoguei. Quanto tempo faz agora? Ainda não era maio. Deve fazer três semanas.

BAAL — Faz agora três semanas, diz a amada nas raízes da árvore, quando já se tinham passado trinta anos. E já estava meio apodrecida.

SOPHIE — É bom ficar assim deitada como uma presa, com o céu sobre a gente, e a gente nunca mais está sozinha.

BAAL — Vou te despir outra vez.

CAFÉ-CONCERTO "NUVEM DA NOITE"

Um pequeno café porco; vestiário caiado; atrás, à esquerda, uma cortina castanho escuro; à direita, uma porta lateral de madeira pintada de branco que dá para a privada; atrás, à direita, uma porta. Quando está aberta, vê-se a noite azul. No café ao fundo, canta uma cançonetista.

Baal anda de lá para cá, com o tronco nu, bebendo e cantarolando.

LUPU *é um jovem gordo e pálido, com cabelo preto e oleoso, repartido ao meio em duas madeixas coladas no rosto suado; de costas para a plateia, na porta à direita* — Derrubaram outra vez o lampião.

BAAL — Este lugar só é frequentado por porcos. Onde está minha aguardente?

LUPU — Acabaram com ela.

BAAL — Toma cuidado!

LUPU — O senhor Mjurk fala qualquer coisa a respeito duma esponja...

BAAL — Quer dizer que não vão me servir mais nada?

LUPU — O senhor Mjurk disse que não tem mais bebida para você antes do espetáculo. Sinto muito.

MJURK *atrás da cortina* — Dá o fora, Lupu!

BAAL — Mjurk, se eu não receber minha cota de bebida, não há poesia.

MJURK — Acho bom você parar de beber, porque senão qualquer dia não vai conseguir cantar.

BAAL — Então, para que é que eu canto?

MJURK — O senhor é, como a cantora Savettka, a maior atração do "Nuvem da Noite". Fui eu que o descobri, sem ajuda de ninguém. Desde quando uma alma tão sensível se meteu num corpo tão balofo? É o corpo gordo que faz sucesso, e não a poesia. As suas bebedeiras me arruínam.

BAAL — Estou farto dessas brigas, todas as noites, por causa da cota de bebida, à qual tenho direito por contrato. Vou embora.

MJURK — Olha que eu chamo a polícia. O que você precisava era de uma noite bem dormida, homem. Você não está nem se aguentando mais em cima das pernas. Larga dessa mulher de uma vez! *Palmas no café.* Agora é a sua vez.

BAAL — Estou farto dessa história.

CANÇONETISTA *com o pianista, apático e pálido, grita da cortina* — Fim do expediente!

MJURK *forçando Baal a vestir uma casaca* — Não se pode ir seminu para o palco.

BAAL — Idiota! *Arranca a casaca e, arrastando o violão, sai pela cortina.*

CANÇONETISTA *senta-se e bebe* — Ele trabalha só para a amante. É um gênio. Lupu imita-o descaradamente. Adotou seu jeito e até a amante.

PIANISTA *encostado à porta da privada* — As canções dele são divinas, mas há onze noites que ele e Lupu não param de brigar por causa da bebida.

CANÇONETISTA *bebendo* — Conosco é uma desgraça.

BAAL *atrás da cortina, canta uma canção infantil*:

Os anjinhos já foram descansar,
Dorme, meu anjo, eu quero é farrear.

Palmas. Baal continua com o violão:

O vento entrava pelo quarto
E a criança comia ameixas azuis
E abandonava ao passatempo
O corpo branco e macio.

Aplausos no café, com gritos misturados. Baal continua cantando, e a bagunça vai crescendo à medida que a canção se torna mais obscena. Por fim, tumulto no café.

PIANISTA *apático* — Com os diabos, está sem freio na boca! Enfermeiro! Agora Mjurk tomou a palavra, mas o público cai em cima. Ele cantou a história nua e crua.

Baal vem da cortina, arrastando o violão atrás de si.

MJURK *atrás dele* — Seu animal, vou fazer você entrar na linha. Tem de cantar o seu número, conforme está no contrato! Senão eu chamo a polícia. *Volta para a sala.*

PIANISTA — Você está nos arruinando, Baal.

Baal põe a mão no pescoço, vai para a porta da privada, à direita.

PIANISTA *não dando passagem* — Aonde é que você vai?

Baal empurra-o. Sai pela porta, com o violão.

CANÇONETISTA — Vai levar o violão para a privada? Você é divino!

FREGUESES *espreitando* — Onde está o patife? — Tem de continuar a cantar! — Não queremos intervalo agora! — Onde está esse filho da puta! *Voltam para a sala.*

MJURK *entrando* — Falei como um major do Exército de Salvação. Temos o apoio da polícia. Mas o público está excitado e exige sua volta. Onde é que ele se meteu? Ele tem que vir.

PIANISTA — A atração foi à privada.

Gritos atrás — Baal!

MJURK *esmurrando a porta* — Meu senhor! Responda! Pelos diabos, está proibido de se trancar aí dentro. O senhor não está sendo pago para sentar na privada. Temos um contrato. Vigarista! *Esmurra a porta como um possesso.*

LUPU *na porta à direita, aparece o céu da noite* — A janela da privada está aberta. O abutre levantou voo. Sem aguardente não há poesia.

MJURK — Vazia? Levantou voo? Saiu pela privada? Usurário! Vou dar queixa à polícia. *Sai correndo.*

A plateia grita em coro — Baal! Baal! Baal!

CAMPOS VERDES, AMEIXEIRAS AZUIS

Baal. Ekart.

BAAL *devagar através dos campos* — Desde que o céu está mais verde e grávido, ar de verão, vento, eu sem camisa. *Voltando-se para Ekart*: As calças me esfolam as coxas nuas. Tenho a cabeça inchada de vento e nos pelos das axilas trago o cheiro dos campos. O ar treme como se estivesse embriagado.

EKART *atrás dele* — Por que é que você foge das ameixeiras como um elefante?

BAAL — Põe sua pata na minha cabeça. Incha a cada pulsação e esvazia-se de novo uma bolha de ar. Não sente com a mão?

EKART — Não.

BAAL — Não compreende nada da minha alma.

EKART — E se nos deitássemos na água?

BAAL — A minha alma, irmão, é o gemer dos campos de trigo, quando rolam agitados pelo vento, e o brilho nos olhos de dois insetos que querem se devorar.

EKART — Você não é mais que um louco com tripas imortais. Uma massa que depois de subir ao céu deixa manchas de gordura.

BAAL — Isso é literatura, mas não faz mal.

EKART — Sinto meu corpo leve como uma ameixinha balançando ao vento.

BAAL — É por causa do pálido céu de verão, irmão. Vamos nos deixar inchar pelo morno calor de um charco de água azul? Senão as estradas brancas nos puxam para o céu como se fossem cordas de anjos.

TABERNA NA ALDEIA

Noite. Camponeses em volta de Baal. Ekart a um canto.

BAAL — É muito bom vocês estarem todos aqui comigo. Meu irmão vem para cá amanhã à noite. A essa altura os touros já devem estar aqui.

CAMPONÊS 1 *boquiaberto* — E como é que vamos saber se o touro será realmente como seu irmão deseja?

BAAL — Só o meu irmão que sabe. Têm de ser belíssimos animais. Senão, não valem nada. Uma aguardente, patrão!

CAMPONÊS 2 — Compram logo o touro?

BAAL — Compramos imediatamente o que tiver maior potência nas virilhas.

CAMPONÊS 3 — Pelo preço que você oferece, poderão trazer touros de onze aldeias.

CAMPONÊS 1 — Dê uma olhada no meu touro.

BAAL — Patrão, mais uma!

CAMPONESES — O meu touro é que é o melhor! Então, amanhã à noite? — *Preparam-se para sair.* — Você vai passar a noite aqui?

BAAL — Sim. Numa cama.

Saem os camponeses.

EKART — Afinal o que você quer? Enlouqueceu?

BAAL — Não foi magnífico o jeito como eles piscaram os olhos e abriram a boca de pasmo, e depois compreenderam e começaram logo a fazer cálculos?

EKART — Pelo menos bebemos de graça. Mas agora, pé na estrada.

BAAL — Pé na estrada? Você ficou louco?

EKART — Você que enlouqueceu! E os touros?

BAAL — Eu sei! Por que acha que gastei a minha saliva com os rapazes?

EKART — Por uns tragos, não?

BAAL — Você está delirando! Quero dar uma festa em sua honra, Ekart.

Volta-se, abre a janela. Escurece. Volta a sentar.

EKART — Com seis tragos você já ficou bêbado. Que vergonha!

BAAL — Vai ser maravilhoso! Gosto dessa gente simples. Vou lhe oferecer um espetáculo divino, irmão. À sua saúde!

EKART — Você gosta de bancar o ingênuo. Mas aquela pobre gente vai me dar uma paulada na cabeça. E na sua também.

BAAL — Isso lhes servirá de lição. Estou pensando neles agora, nesta noite quente, com certa ternura. Esses ingênuos pretendem nos enganar à maneira deles, e isso me diverte.

EKART *levantando-se* — Bem, você escolha: os touros ou eu. Vou indo, enquanto o dono da estalagem não perceber o jogo.

BAAL *sombrio* — A noite está tão quente. Fique só mais uma hora, eu vou com você. Sabe muito bem que o amo. Aqui se sente o cheiro de estrume dos campos. Você acha que o patrão oferece mais um gole às pessoas que arranjaram o negócio dos touros?

EKART — Vem gente aí.

PASTOR *entrando. Para Baal* — Boa noite. O senhor é que é o homem dos touros?

BAAL — Eu mesmo.

PASTOR — Por que inventou uma mentira destas?

BAAL — Porque se não fosse isso, não teríamos mais nada no mundo. Ah, que bom esse cheiro de feno! A noite aqui é sempre assim?

PASTOR — O seu mundo parece ser muito pobre, homem!

BAAL — O meu céu está cheio de árvores e de corpos.

PASTOR — Não fale assim. O mundo não é seu circo.

BAAL — Então o que é o mundo?

PASTOR — Ora vamos. Sabe, eu sou um homem bonachão. Não lhe guardo rancor. Pus tudo em pratos limpos.

BAAL — O justo não tem humor, Ekart!

PASTOR — Você não percebeu que seu plano era uma criancice? *Para Ekart*: O que ele quer?

BAAL *encostado para trás* — No crepúsculo, ao anoitecer — tem de ser ao anoitecer e o céu tem de estar coberto de nuvens, quando o ar está morno e sopra uma leve brisa — então chegam os touros. Vêm trotando de todos os lados. É um espetáculo forte. E então aquela pobre gente fica ali no meio, sem saber o que fazer com os touros; enganaram-se nas contas: apenas vivem um espetáculo forte. Também amo as pessoas que se enganaram nas contas. E onde é que se pode ver tantos animais de uma só vez?

PASTOR — E para isso o senhor queria convocar sete aldeias?

BAAL — O que são sete aldeias comparadas com este espetáculo?

PASTOR — Agora compreendo: o senhor é um pobre coitado. E gosta de touros acima de tudo?

BAAL — Vamos, Ekart! Ele estragou a história. Esse cristão já não gosta de animais.

PASTOR *rindo, depois sério* — Não vai ter esse espetáculo. É melhor o senhor ir embora sem dizer mais nada! Acho que estou lhe fazendo um grande favor!

BAAL — Vamos, Ekart. Você não vai ter a sua festa, irmão! *Sai devagar, junto com Ekart.*

PASTOR — Boa noite! Patrão, eu pago a despesa desses senhores!

DONO DO BAR *atrás do balcão* — Onze aguardentes, reverendíssimo!

ÁRVORES À NOITE

Seis ou sete lenhadores sentados contra as árvores. Entre eles Baal. Na relva, um cadáver.

LENHADOR 1 — Foi um carvalho. Ele não morreu logo, mas ainda sofreu.

LENHADOR 2 — Hoje de manhã ele ainda falou que o tempo estava melhorando. Era assim que ele o queria: verde com um pouco de chuva. E a madeira sem ser muito seca.

LENHADOR 3 — Era um bom rapaz, o Teddy. Antes, tinha tido uma loja não sei onde. Foi sua melhor época. Naquele tempo, ele ainda era gordo como um abade. Mas arruinou o negócio por causa das mulheres, e veio parar aqui e com os anos foi perdendo a barriga.

LENHADOR 4 — E nunca contou nada dessa história das mulheres?

LENHADOR 3 — Não. Também não sei se ele tinha a intenção de voltar para lá outra vez. Fazia muitas economias, mas isso pode se explicar também por ele ser tão comedido. Nós aqui em cima só contamos mentiras. É muito melhor assim.

LENHADOR 1 — Na semana passada, ele disse que no inverno ia subir para o norte. Parece que tem por lá uma cabana. Não lhe contou onde, Elefante? *Para Baal*: Vocês não conversaram sobre isso?

BAAL — Deixe-me em paz. Não sei de nada.

LENHADOR 1 — Você mesmo quer tomar conta de lá, não é?

LENHADOR 2 — Não se pode confiar nesse aí, de maneira nenhuma. Vocês se lembram como ele de noite pôs as nossas botas na água para não podermos ir para a floresta, só porque ele estava com preguiça, como de costume.

LENHADOR 4 — Não merece o dinheiro que ganha.

BAAL — Hoje não é dia de briga! Não podem pensar nem um pouco no pobre Teddy?

LENHADOR 1 — Onde é que você estava quando ele esticou as canelas?

Baal se levanta e vai pela relva até perto de Teddy. Senta-se ao lado dele.

LENHADOR 1 — Baal não está firme nas pernas, rapazes!

LENHADOR 2 — Deixe-o! O Elefante está comovido.

LENHADOR 3 — Realmente, vocês hoje poderiam ficar um pouco mais sossegados, ao menos enquanto o cadáver estiver ali.

LENHADOR 4 — O que é que você está fazendo com Teddy, Elefante?

BAAL *debruçado sobre ele* — Ele tem a sua paz, e nós temos a nossa inquietude. Ambas são coisas boas. O céu está negro. As árvores tremem. As nuvens incham. Eis o cenário. Podemos comer. Depois do sono acordamos. Ele, não. Nós, sim. As duas coisas são boas.

LENHADOR 4 — Como será lá no céu?

BAAL — O céu está negro.

LENHADOR 4 — Você não está bom da cabeça. O destino acerta sempre as pessoas erradas.

BAAL — Sim, isso é maravilhoso. Meu amigo, você tem razão.

LENHADOR 1 — Com Baal não acontece nada. Ele nunca vai para onde se trabalha.

BAAL — Com Teddy era o contrário: era bom trabalhador. Teddy era generoso. Teddy era pacífico. De tudo isso somente resta: Teddy era.

LENHADOR 2 — Onde é que ele estará agora?

BAAL *indicando o morto* — Ali.

LENHADOR 3 — Eu sempre penso que as pobres almas são o vento, sobretudo ao entardecer, na primavera, mas também penso o mesmo no outono.

BAAL — E no verão, ao sol, sobre os trigais.

LENHADOR 3 — Não, assim não. Tem de estar escuro.

BAAL — Tem de estar escuro, Teddy.

Silêncio.

Lenhador 1 — Agora, a sério, para onde é que ele irá, rapazes?

Lenhador 3 — Não tem ninguém que o queira.

Lenhador 4 — Estava sozinho no mundo.

Lenhador 1 — E as suas coisas?

Lenhador 3 — Não são muitas. Levava o dinheiro para o banco. Ele lá ficará, mesmo que não apareça mais. Você sabe de alguma coisa, Baal?

Baal — Ainda não está fedendo!

Lenhador 1 — Pessoal, acabo de ter uma ótima ideia!

Lenhador 4 — Desembucha!

O homem da ideia — Não só o Elefante tem ideias. E se bebêssemos à saúde de Teddy?

Baal — Isso é imoral, Bergmeier.

Os outros — Imoral, ora! — Mas o que é que vamos beber? Água? — Que vergonha, rapaz!

O homem da ideia — Aguardente!

Baal — Voto nessa proposta. Aguardente é moral. E que marca?

O homem da ideia — Marca Teddy.

Os outros — Marca Teddy? — É mesmo. — Vai dar uma boa cota! — Teddy era econômico. — Pela primeira vez o idiota teve uma boa ideia!

O homem da ideia — Ideia genial, não é! De encher suas cabeças estúpidas! A aguardente de Teddy no funeral de Teddy! Barato e bom! Alguém já fez um discurso sobre o Teddy? Não seria conveniente?

Baal — Eu.

Alguns — Quando?

Baal — Há pouco. Antes de começarem a falar besteiras. Começou assim: "O Teddy tem a sua paz..." Vocês só reparam nas coisas quando elas já passaram.

Os outros — Miolo mole! — Vamos buscar a aguardente!

BAAL — É uma vergonha.

OS OUTROS — Não diga! — E por quê, grande Elefante?

BAAL — Pertence ao Teddy. O barrilzinho dele não deve ser aberto. Teddy tem mulher e cinco filhos órfãos.

LENHADOR 1 — Quatro. São só quatro.

LENHADOR 4 — Só agora que se sabe isso, só agora.

BAAL — Vocês querem privar os cinco pobres órfãos da aguardente do seu pobre pai? Isso é que é religião?

LENHADOR 4 — Quatro. Quatro órfãos.

BAAL — Tirar a aguardente da boca dos quatros órfãos de Teddy?

LENHADOR 1 — Teddy não tinha família nenhuma.

BAAL — Mas órfãos ele tinha, meus caros, órfãos, sim.

LENHADOR 4 — Vocês levam a sério o que diz esse Elefante maluco? Acham que os órfãos vão beber a aguardente de Teddy? Bem, ela pertence ao Teddy...

BAAL *interrompendo* — Pertencia...

LENHADOR 4 — O que é que você está querendo?

LENHADOR 1 — Ele fala só por falar. Está de miolo mole.

LENHADOR 4 — Eu digo: era propriedade de Teddy, e por isso nós pagaremos. Com dinheiro, bom dinheiro, pessoal. Assim os órfãos não poderão reclamar.

TODOS — Boa proposta. O Elefante foi derrotado. — Ele deve estar louco, para não querer aguardente. — Vamos sem ele até a aguardente de Teddy!

BAAL *gritando atrás deles* — Depois voltem para cá, malditos saqueadores de cadáveres! *Para Teddy:* Pobre Teddy! E hoje as árvores estão bastante fortes, e o ar está bom e brando, e eu me sinto intumescido por dentro. Pobre Teddy, isso não o excita? Eu lhe digo: você está acabado, logo já começa a feder, e o vento continua, tudo continua, e a sua cabana, sei lá onde ela fica, e os seus bens vão ser roubados pelos vivos, você abandonou tudo, você só queria paz e sossego. O seu corpo não estava tão ruim assim, Teddy, e mesmo agora ainda não está, só um pouco danificado num lado, e quanto às pernas — com as mulheres já não teria mais jeito, não se põe uma coisa assim numa mulher. *Ergue a perna do defunto.* Mas, apesar de tudo, com boa vontade ainda daria para viver um bom tempo dentro do seu corpo, rapaz, mas a sua alma tinha uma personalidade danada de nobre, a morada estava estragada e as ratazanas deixam o navio que afunda. Você simplesmente foi vítima de seus hábitos, Teddy.

Os outros *regressando* — Agora, Elefante, você vai ver! Cadê o barrilzinho que estava debaixo da velha cama de Teddy, rapaz? — Onde é que você estava enquanto a gente cuidava do pobre Teddy? Nessa altura, o Teddy ainda não estava morto. Hein, senhor? — Onde é que você estava, seu desgraçado, profanador de mortos, protetor dos pobres órfãos do Teddy, hein?

Baal — Não está nada provado, meus caros.

Os outros — Então, onde está a aguardente? Você está querendo dizer que o barril secou sozinho? — A coisa é séria, rapaz. — Vamos, levanta! Faz o quatro e depois ousa negar que você está completamente abalado, acabado por dentro e por fora, seu filho da puta! — Vamos, pessoal, vamos cutucá-lo um pouco, o profanador da honra do pobre Teddy! *Põem Baal de pé.*

Baal — Bando de porcos! Ao menos não pisem no pobre Teddy. *Senta-se e prende com o seu braço o braço do defunto.* Se vocês me maltratarem, ele se arrebenta. Isso é piedade? Estou agindo em legítima defesa. Vocês são sete, sete, e estão sóbrios e eu sou um e estou bêbado. É bonito, isso? E nobre? Sete contra um? Acalmem-se. O Teddy também está calmo.

Alguns lenhadores *tristes e indignados* — Nada é sagrado para ele. Deus tenha piedade de sua alma de bêbado! — É o pecador mais impenitente que já se viu nas mãos de Deus.

BAAL — Sentem-se. Não aguento conversa de padre. Há sempre uns que são mais espertos e outros que são mais fracos da cabeça. Em compensação são os melhores trabalhadores. Vocês já viram que eu sou um trabalhador espiritual. *Fuma.* Nunca tiveram o devido respeito, meus caros! E o que é que se agita em vocês quando enchem o corpo de aguardente? Nada. Mas eu faço descobertas, acreditem. Disse ao Teddy coisas fundamentais. *Tira uns papéis do bolso de Teddy, examinando-os.* Mas é claro que vocês tiveram que correr atrás da miserável aguardente. Sentem-se. Olhem para o céu que está escurecendo entre as árvores. Não lhes diz nada? Então é porque não têm religião alguma no corpo.

UMA CABANA

Ouve-se a chuva. Baal. Ekart.

BAAL — Isto é a hibernação na lama preta para o nosso corpo branco.

EKART — Você ainda não foi buscar a carne.

BAAL — Anda muito ocupado com a missa?

EKART — O que você tem a ver com a minha missa? Vê se pensa na sua mulher! Para onde é que você a mandou nessa chuva?

BAAL — Ela vem atrás de nós como uma desesperada, pendurada no meu pescoço.

EKART — Você está se afundando cada vez mais.

BAAL — Sou excessivamente pesado.

EKART — Você nunca pensa em bater as botas, não é?

BAAL — Eu luto até o fim, com unhas e dentes. Quero viver, ainda que seja sem pele, recuo até dentro da ponta dos pés. Caio como um touro: na relva, no lugar onde ela é mais macia. Engulo a morte e não sei de mais nada.

EKART — Desde que estamos aqui, você não parou de engordar.

BAAL *mete a mão direita dentro da camisa, na axila esquerda* — Mas a minha camisa alargou. Quanto mais suja, mais larga. Caberia outra pessoa, desde que não fosse muito gorda. Mas por que é que você fica aí deitado na maior preguiça?

EKART — Tenho uma espécie de céu dentro da minha cabeça, muito verde e danado de alto, e os pensamentos voam como nuvens leves, soltas ao vento. Indecisas quanto à direção. Mas tudo isso está dentro de mim.

BAAL — É o delírio. Você é um alcoólatra. E agora é que se vê o resultado.

EKART — Quando o delírio chegar, vou perceber no seu rosto.

BAAL — Você tem um rosto onde cabe muito vento. Côncavo. *Olhando para ele.* Não tem rosto nenhum. Você não é nada. É transparente.

EKART — Estou ficando cada vez mais matemático.

BAAL — Ninguém sabe a sua história. Por que nunca fala de você?

EKART — Não tenho história. Quem está andando lá fora?

BAAL — Você tem bom ouvido. Há qualquer coisa dentro de você que você encobre. É um homem mau, assim como eu, um diabo. Mas um dia vai ver ratos. Então será novamente um homem bom.

Sophie aparece à porta.

EKART — É você, Sophie?

BAAL — O que você quer, outra vez?

SOPHIE — Agora já posso entrar, Baal?

PLANÍCIE. CÉU

Noite. Baal. Ekart. Sophie.

SOPHIE — Os meus joelhos estão se dobrando: por que está correndo como um desesperado?

BAAL — Porque você está pendurada em mim como uma pedra.

EKART — Como pode tratá-la assim? Ela está esperando um filho seu!

SOPHIE — Fui eu quem quis, Ekart.

BAAL — Foi ela quem quis. E agora está pendurada em mim.

EKART — Você é um animal. Sente-se aqui, Sophie.

SOPHIE *senta-se pesadamente* — Deixe-o ir.

EKART *para Baal* — Se você a mandar embora, eu fico com ela.

BAAL — Ela não vai ficar com você. Mas você seria capaz de me deixar por causa dela. É bem do seu tipo.

EKART — Você me expulsou da cama duas vezes. Minhas amantes o deixaram frio, mas você sempre as roubou, apesar de eu ter gostado delas.

BAAL — Precisamente porque você gostava delas. Profanei cadáveres duas vezes para que você continuasse puro. Preciso disso. Não senti nenhum prazer, juro por Deus!

EKART *para Sophie* — E você ainda ama este transparente animal?

SOPHIE — O que é que eu posso fazer, Ekart. Eu amaria mesmo o seu cadáver. Amo até os seus punhos. O que eu posso fazer, Ekart.

BAAL — Não quero nem saber o que vocês fizeram enquanto estive preso.

SOPHIE — Ficamos um ao lado do outro, em frente à prisão branca, olhando para a cela onde você estava.

BAAL — Dormiram juntos.

SOPHIE — Pode me bater por causa disso.

EKART *grita* — Não foi você que a atirou para cima de mim?

BAAL — Naquela época você ainda não significava nada para mim.

EKART — Eu não tenho a sua pele de elefante.

BAAL — Por isso eu o amo.

EKART — Cale essa boca maldita, ao menos enquanto ela estiver aqui.

BAAL — Ela tem que ir embora! Está começando a se tornar nojenta. *Passa as mãos pelo pescoço.* Ela lava sua roupa suja nas suas lágrimas. Você não vê que ela anda nua entre nós dois? Tenho uma paciência de Jó, mas não posso deixar de pensar em mim.

EKART *senta-se junto a Sophie* — Volte para sua casa, para junto de sua mãe!

SOPHIE — Não posso.

BAAL — Ela não pode, Ekart.

SOPHIE — Pode me bater, se você quiser, Baal. Já não vou lhe pedir para ir devagar. Não era isso que eu queria dizer. Deixe-me andar com vocês enquanto eu aguentar. Depois, eu me deito no mato e você nem precisa olhar. Não me mande embora, Baal.

BAAL — Deite no rio esse seu corpo disforme. Foi você que quis que eu a vomitasse.

SOPHIE — Você quer me abandonar aqui, não, você não quer me abandonar aqui. Só que você ainda não sabe, Baal. Você é como uma criança, por querer uma coisa dessas.

BAAL — Estou cheio de você! Até o último fio de cabelo!

SOPHIE — Mas de noite não, não de noite, Baal. Tenho medo de ficar sozinha. Tenho medo do escuro. Tenho medo.

BAAL — Nesse estado? Ninguém vai lhe fazer nada.

SOPHIE — Mas a noite... Não querem ficar comigo só mais esta noite?

BAAL — Vá até os lenhadores. Hoje é noite de São João. Estão todos de porre.

SOPHIE — Quinze minutos!

BAAL — Vamos, Ekart!

SOPHIE — E eu, para onde é que eu vou?

BAAL — Para o céu, querida!

SOPHIE — Com o meu filho?

BAAL — Enterre-o!

SOPHIE — Desejo que você nunca mais tenha de pensar no que está me dizendo aqui, sob este lindo céu que lhe agrada. Desejo-o de todo o coração.

EKART — Eu fico com você. E depois vou levá-la até sua mãe, se me prometer que não voltará a gostar desse animal.

BAAL — Ela me ama.

SOPHIE — Eu o amo.

EKART — Você ainda está aí, animal? Não tem pernas? Afogou-se na aguardente ou na poesia? Besta depravada! Besta depravada!

BAAL — Imbecil!

Ekart vai em cima dele, lutam.

SOPHIE — Jesus, Maria! São umas feras!

EKART *lutando* — Está ouvindo o que ela disse, aqui no mato? E agora está escurecendo! Besta depravada! Besta depravada!

BAAL *abraçando Ekart* — Agora você está junto ao meu peito! Sente o meu cheiro? Agora eu o tenho bem apertado contra mim, isso lhe dá mais do que a proximidade de uma mulher! *Detém-se.* E agora, está vendo, já se veem estrelas sobre o mato.

EKART *fixa os olhos em Baal, que está olhando o céu* — Não consigo bater nesse animal.

BAAL *abraçando-o* — Está escurecendo. Temos de arranjar um abrigo. No mato existem valetas por onde não passa o vento. Vem, vou contar histórias de animais para você. *Arrasta-o consigo.*

SOPHIE *sozinha na escuridão grita* — Baal!

BARRACÃO DE MADEIRA

Noite. Vento. À mesa, Gougou, Bolleboll. O mendigo e Maja, com uma criança em um caixote.

BOLLEBOLL *jogando cartas com Gougou* — Meu dinheiro acabou. Vamos apostar a nossa alma.

MENDIGO — O irmão vento quer entrar. Mas nós não conhecemos nosso frio irmão vento. Hahaha.

A criança chora.

MAJA — Ouçam! Alguma coisa está rondando a casa! Deus queira que não seja nenhum animal!

BOLLEBOLL — Por quê? Está outra vez no cio?

Batidas à porta.

MAJA — Estão ouvindo? Eu não abro.

MENDIGO — Abra!

MAJA — Não, não! Pelo amor de Deus, não!

MENDIGO — Bouque la Madonne! Abra!

MAJA *rasteja até a porta* — Quem está aí?

A criança chora.

Maja abre a porta.

BAAL *entrando com Ekart, encharcados* — Aqui é a taberna do hospital?

MAJA — É, sim, mas não há camas livres. *Mais atrevida.* E eu estou doente.

BAAL — Temos champagne conosco. *Ekart foi até o fogo.*

BOLLEBOLL — Vem cá! Quem sabe o que é champagne, combina conosco.

MENDIGO — Meu caro amigo, aqui só há gente fina!

Baal *aproximando-se da mesa, tira duas garrafas da bolsa* — Hum?

Mendigo — É uma miragem!

Bolleboll — Eu sei onde você conseguiu o champagne. Mas não vou dedar.

Baal — Anda, Ekart! Há copos?

Maja — Xícaras, excelentíssimo senhor! Xícaras! *Traz algumas xícaras.*

Gougou — Eu quero uma xícara só para mim.

Baal *desconfiado* — Você pode beber champagne?

Gougou — Por favor. *Baal serve.*

Baal — Que espécie de doença é a sua?

Gougou — Catarro pulmonar. Não é nada. Só um pouco de catarro. Nada sério.

Baal *para Bolleboll* — E você?

Bolleboll — Úlcera no estômago. Inofensiva.

Baal *para o mendigo* — Naturalmente também sofre de alguma coisa?

Mendigo — Sou louco.

Baal — Saúde! — Agora já nos conhecemos. Eu tenho saúde.

Mendigo — Conheci um homem que também dizia que tinha saúde. Dizia! Tinha vindo de uma floresta e uma vez voltou lá porque precisava refletir um pouco. Achou a floresta completamente estranha e sentiu como se não tivesse vindo de lá. Andou muitos dias pela floresta adentro porque queria ver até que ponto estava ligado àquilo e até onde iam as suas forças. Mas já não eram muitas. *Bebe.*

Baal *inquieto* — Que vento! E temos que partir ainda hoje à noite, Ekart.

Mendigo — Sim, o vento. Numa noite, no crepúsculo, quando ele já não estava tão sozinho, foi andando através do enorme silêncio pelas árvores, e ficou debaixo de uma delas, que era muito grande. *Bebe.*

Bolleboll — Era o macaco dentro dele.

MENDIGO — Sim, talvez o macaco. Encostou-se a ela, bem junto, sentiu a vida nela, ou julgou senti-la, e disse: "Você é mais alta do que eu e está bem firme e conhece a terra até o fundo e ela a segura. Eu posso andar, me locomover melhor, mas não estou firme e não posso ir até o fundo e nada me segura. Também desconheço o grande silêncio por cima das copas tranquilas no céu infinito." *Bebe.*

GOUGOU — O que disse a árvore?

MENDIGO — Sim. O vento soprou. A árvore estremeceu inteira e o homem sentiu. Então, o homem atirou-se no chão, abraçou as raízes duras e selvagens e chorou amargamente. Ele fez isso com muitas árvores.

EKART — E se curou?

MENDIGO — Não. Mas morreu mais aliviado.

MAJA — Não entendi.

MENDIGO — Não entendemos nada. Mas sentimos algumas coisas. Quando se entendem as histórias é porque foram mal contadas.

BOLLEBOLL — Vocês acreditam em Deus?

BAAL *com dificuldade* — Sempre acreditei em mim. Mas podemos nos tornar ateus.

BOLLEBOLL *gargalhando* — Agora estou me divertindo! Deus! Champagne! Amor! Vento e chuva! *Agarra Maja.*

MAJA — Me larga! Sua boca está fedendo!

BOLLEBOLL — E você, não tem sífilis? *Coloca-a no colo.*

MENDIGO — Cuidado! *Para Bolleboll*: Vou ficando cada vez mais bêbado. E você hoje não pode sair lá para fora, para a chuva, quando eu estiver completamente bêbado.

GOUGOU *para Ekart* — Ele era o mais bonito, por isso é que ficou com ela.

EKART — E a sua superioridade intelectual? E a preponderância psicológica?

GOUGOU — Ela não era assim. Era absolutamente inocente.

EKART — E o que é que você fez?

GOUGOU — Eu tive vergonha.

BOLLEBOLL — Ouçam! O vento! Pede descanso a Deus.

MAJA *canta*:

Dorme, dorme, lá fora sopra o vento,
Enquanto temos calor e bebida aqui dentro.

BAAL — Quem é essa criança?

MAJA — É minha filha, excelentíssimo senhor.

MENDIGO — Uma virgem dolorosa!

BAAL *bebe* — Isso foi antigamente, Ekart. Sim. Também era bonito.

Ekart — O quê?

BOLLEBOLL — Já esqueceu.

BAAL — Antigamente — que palavra mais estranha!

GOUGOU *para Ekart* — A coisa mais bonita é o Nada.

BOLLEBOLL — Psst! Agora é o solo de Gougou! O saco de vermes vai cantar!

GOUGOU — É como o ar trêmulo numa tarde de verão. Sol. Mas não treme. Nada. Absolutamente nada. Tudo cala. Há vento e ninguém tem frio. Há chuva e ninguém fica molhado. Há gracejos e ninguém acha graça. Vamos apodrecendo, não precisamos esperar. Greve geral.

MENDIGO — É o paraíso do inferno!

GOUGOU — Sim, é o paraíso. Não há desejo que não se realize. Não há mais desejo. Desabituamo-nos de tudo. Também dos desejos. É assim que nos tornamos livres.

MAJA — E o que vem no fim?

GOUGOU *com escárnio* — Nada. Absolutamente nada. Não há fim. Nada é eterno.

BOLLEBOLL — Amém.

BAAL *levantando-se* — Ekart, levante-se! Viemos cair entre assassinos. Apoia-se em Ekart. Os vermes enchem-se de importância. A putrefação rasteja e se aproxima. Os vermes cantam e se elogiam.

EKART — É a segunda vez que isso acontece com você. Será que é por causa da bebida?

BAAL — Estão colocando minhas tripas para fora... Isto não é nenhum banho medicinal.

EKART — Sente-se! Tome um porre até o fim! Aqueça-se!

MAJA *canta, um pouco embriagada*:

Chuva e neve, inverno e verão —
Quando estamos bêbados, não temos coração.

BOLLEBOLL *agarrando Maja, lutam* — A canção sempre me faz cócegas, Gougouzinho... Bilu-bilu, Majazinha.

A criança chora.

BAAL *bebendo* — Quem é você? *Irritado, para Gougou*: O seu nome é Saco de Vermes. É um candidato à morte? Saúde! *Senta-se.*

MENDIGO — Tenha cuidado, Bolleboll! Não aguento muita champagne.

MAJA *para Bolleboll, canta*:

Feche os olhos, deixe-os descansar.
Vamos dormir, eu vou te ninar.

BAAL *brutalmente* — Mesmo se você se afogar com ratos nos cabelos, o céu lá em cima permanecerá resplandecente. *Levanta-se, com a xícara na mão.* O céu é negro. Por que está assustada? *Tamborila com os dedos na mesa.* Temos que aguentar firme no carrossel. É maravilhoso. *Vacila.* Quero ser um elefante que mija no circo, quando nem tudo é bonito... *Começa a dançar e cantar.* Dança com o vento, pobre cadáver, dorme com as nuvens, Deus depravado! *Vai cambaleando até a mesa.*

EKART *bêbado, levantando-se* — Já não quero ir com você. Também tenho uma alma. Você corrompeu minha alma. Corrompe tudo o que toca. Agora vou começar a minha missa.

BAAL — Eu o amo. Saúde!

EKART — Mas eu não vou mais com você! *Senta-se.*

MENDIGO *para Bolleboll* — Tira as mãos dela, seu porco!

MAJA — O que você tem a ver com isso?

MENDIGO — Cala a boca, miserável!

MAJA — É doido, não regula bem!

BOLLEBOLL *venenoso* — Mentira! Ele não tem doença nenhuma. É tudo mentira!

MENDIGO — E você está com câncer!

BOLLEBOLL *sinistramente calmo* — Eu estou com câncer?

MENDIGO *acovardado* — Eu não disse nada. Deixa para lá!

Maja ri.

BAAL — Por que a criança está chorando? *Vai até o caixote, no fundo.*

MENDIGO, *estúpido* — O que você quer dela?

BAAL *curvando-se sobre o caixote* — Por que chora? Está estranhando ou você sempre chora?

MENDIGO — Deixe disso, homem! *Atira sua xícara em Baal.*

MAJA *levanta-se num salto* — Porco!

BOLLEBOLL — Ele só quer dar uma olhada por baixo da fralda.

BAAL *levantando-se devagar* — Seus porcos! Já não têm nada de humano! Vamos, Ekart, vamos nos lavar no rio. *Sai com Ekart.*

MATO. ATRÁS, UM RIO

Baal. Ekart.

BAAL *sentado na folhagem* — A água está quente. Estamos estendidos na areia como caranguejos. E tem as moitas, as nuvens brancas no céu. Ekart!

EKART *escondido* — O que quer?

BAAL — Eu o amo.

EKART — Eu estou muito bem aqui.

BAAL — Você viu aquelas nuvens que passaram?

EKART — Vi. Elas são umas sem-vergonha. *Silêncio.* Há pouco ali adiante passou uma mulher.

BAAL — Já não gosto de mulheres...

ESTRADA. SALGUEIROS

Vento. Noite. Ekart dormindo na relva.

BAAL *vem se aproximando pelos campos, como bêbado, a roupa aberta, como um sonâmbulo* — Ekart! Ekart! Achei. Acorda!

EKART — O que é que você tem? Está outra vez sonhando?

BAAL *senta-se junto dele* — Ouça:

Quando a moça lentamente se afogou
E foi descendo para outros rios maiores
Como um milagre o céu resplandeceu
Como se fosse amparar o seu cadáver.

As algas enroscando-se no seu corpo
Que pouco a pouco se tornou pesada
Frios os peixes entre suas pernas
Tornando-se ainda mais lenta sua última viagem.

À noite o céu escureceu como fumaça
Escondendo a pálida luz das estrelas
Mas logo amanheceu para que ela
Também tivesse agora manhãs e tardes.

Quando na água seu pálido corpo apodrecia
Lentamente Deus foi se esquecendo dela:
O rosto e depois os cabelos e as mãos.
Uma carcaça sobre tantas carcaças no rio.

Vento.

Ekart — O fantasma já está andando por aí? É menos perverso que você. O sono foi para os diabos e o vento range nos salgueiros. Resta apenas o peito branco da filosofia, a escuridão e a umidade, até o bem-aventurado fim de nossos dias. E mesmo das mulheres antigas nos resta apenas o segundo rosto.

Baal — Com esse vento não se precisa de aguardente, se fica bêbado do mesmo jeito. Vejo o mundo numa luz suave: é o excremento de Deus.

Ekart — De Deus, que através da união do canal urinário e do membro sexual se revelou de uma vez por todas.

Baal *deitado* — Isto é tudo tão bonito!

Vento.

Ekart — Os salgueiros são como dentes podres na boca negra do céu. Dentro em pouco vou começar a minha missa.

BAAL — O quarteto já está pronto?

EKART — Onde é que eu poderia achar tempo?

Vento.

BAAL — Ali está uma jovem pálida, de cabelo ruivo; você vai possuí-la.

EKART — Tem um corpo branco e macio, e ao meio-dia vem para os salgueiros que têm ramos caídos como cabelos. E lá dentro nós trepamos como esquilos.

BAAL — É mais bonita que eu?

Escuro. O vento continua a ranger.

AVELANEIRAS NOVAS

Ramos compridos e vermelhos, caídos. Baal sentado entre eles. Meio-dia.

BAAL — A pomba branca... Vou satisfazê-la. *Observa o lugar.* Neste lugar veem-se nuvens lindas através dos ramos dos salgueiros... Mas quando ele chegar, verá apenas a pele. Estou farto de seus namoros. Minha querida alma, fique tranquila!

Uma jovem sai da folhagem, cabelo ruivo, exuberante, pálida.

BAAL *sem olhar* — É você?

A JOVEM — Onde está o seu amigo?

BAAL — Compondo uma missa em mi bemol.

A JOVEM — Diga que eu estive aqui.

BAAL — Ele está se tornando muito transparente. Maculando-se, regressando à zoologia. Sente-se! *Olha em volta.*

A JOVEM — Prefiro ficar em pé.

BAAL *iça-se pelos ramos dos salgueiros* — Ele tem comido ovos demais ultimamente.

A JOVEM — Eu o amo.

BAAL — O que eu tenho a ver com isso! *Agarra-a.*

A JOVEM — Não me toque! Você me dá nojo.

BAAL *pegando devagar em sua garganta* — É este o seu pescoço? Sabe como se acalmam os pombos e os patos selvagens no mato?

A JOVEM — Jesus, Maria! *Debatendo-se.* Deixe-me em paz!

BAAL — Com esses joelhos fracos? Você está caindo. Está querendo que eu a deite entre os salgueiros. Homem é homem, nisso são todos iguais. *Toma-a nos braços.*

A JOVEM *tremendo* — Por favor, deixe-me ir embora! Por favor!

BAAL — Codorna sem-vergonha! Vamos lá! Ação de salvamento de um desesperado! *Agarra-a e a arrasta para o mato.*

ÁRVORES AGITADAS PELO VENTO

Céu nublado. Baal e Ekart, sentados nas raízes.

BAAL — É preciso beber, Ekart. Você ainda tem dinheiro?

EKART — Não. Olha para as árvores agitadas pelo vento.

BAAL — Estremecem.

EKART — Onde está aquela moça com quem você andou pelas tabernas?

BAAL — Transforme-se em peixe e procure-a.

EKART — Você está comendo demais, Baal. Vai arrebentar.

BAAL — Gostaria muito de ouvir o estrondo.

EKART — Às vezes não lhe acontece de olhar para a água, quando está negra, funda e sem peixes. Não caia nunca lá dentro. Tenha cuidado. Você é muito pesado, Baal.

BAAL — Tenho que tomar cuidado com outra pessoa. Fiz um poema. Quer ouvi-lo?

EKART — Leia, assim eu o conheço melhor.

BAAL — Chama-se: "A morte na floresta":

E um homem morreu na eterna floresta
Com torrente e tempestade bramindo à sua volta.
Morreu como um animal preso nas raízes
E olhava ainda para o alto,
Para as copas onde sobre a floresta
A tempestade, havia muitos dias, que soprava.

E alguns estavam ali, à sua volta,
E diziam que ele tinha que ficar sossegado:
Anda, nós o levaremos para a casa, companheiro!
Mas ele os empurrou com os joelhos
Cuspiu e disse: Para onde?
Porque não tinha nem casa nem terra.

Quantos dentes você ainda tem na boca?
E no mais, deixa-me ver como está!
Morra mais sossegado e com menos preguiça!
Nós ontem à noite já comemos o seu cavalo.
Por que você não quer ir para o inferno?

A floresta estava viva à sua volta e à volta deles.
E eles viram-no agarrar-se às árvores
E ouviram-no gritar.
E sentiram medo como nunca
E tiveram que fechar os punhos a tremer:
Porque ele era um homem como eles.

Você é inútil, sarnento, louco, animal!
É pus e merda, seu monte de trapo!
Rouba-nos o nosso ar puro com sua avidez,
Diziam eles. E ele, ele, o abcesso:
Quero viver! Aspirar o sol!
E cavalgar à luz como vocês!

Era algo que ninguém conseguia entender
E trêmulos se calaram diante do nojo.
A terra segurava-lhe a mão nua
E de mar em mar há terra sob o vento:
E eu deitado imóvel sob a terra.

Sim, o excesso de sua pobre vida
Dominava-o de tal maneira que ele
Apertava ainda contra a terra sua carniça e seu cadáver;
No amanhecer caiu morto na relva.
Cheios de nojo e frios de ódio o enterraram
Nas raízes da árvore.

E saíram do mato, cavalgando em silêncio.
E olharam ainda para a árvore
Sob a qual tinham enterrado aquele
Para quem a morte era demasiadamente amarga:
A copa da árvore estava cheia de luz.
E fizeram o sinal da cruz no jovem rosto
E galoparam pela planície.

EKART — É... Chegamos a esse ponto.

BAAL — Quando não consigo dormir à noite, olho para as estrelas. Assim.

EKART — Assim?

BAAL *desconfiado* — Mas não o faço muitas vezes, senão enfraqueço.

EKART *depois de um tempo* — Tem feito muitos poemas ultimamente. Faz tempo que você está sem mulher, não?

BAAL — Por quê?

EKART — Estava só pensando. Diga-me que não.

Baal levanta-se, espreguiça-se, olha para a copa da árvore e ri.

TABERNA

Anoitecer. Ekart. A garçonete. Watzmann. Johannes, esfarrapado, vestindo um casaco miserável com a gola levantada, estado deplorável. A garçonete tem a feição de Sophie.

EKART — Faz agora oito anos. *Bebem.*

Vento.

JOHANNES — A vida só começa aos vinte e cinco anos. É quando elas se tornam mais largas e têm filhos.

Silêncio.

WATZMANN — A mãe dele morreu ontem. Ele anda por aí pedindo dinheiro emprestado para o enterro. Com esse dinheiro virá para cá, e poderemos pagar a aguardente. O dono do bar é decente; dá crédito a um cadáver que já foi mãe. *Bebe.*

JOHANNES — Baal! Já não há vento nas suas velas!

WATZMANN *para Ekart* — Ele é duro de aguentar, não é?

EKART — Não se pode cuspir na cara dele: ele está afundado.

WATZMANN *para Johannes* — Isso o magoa? Preocupa-o?

JOHANNES — Tenho pena dele. *Bebe.*

Silêncio.

WATZMANN — Está se tornando cada vez mais repugnante.

EKART — Não diga isso. Não quero ouvir isso: eu o amo. Com ele nunca levo nada a mal. Eu o amo. Ele é uma criança.

WATZMANN — Ele só faz as coisas obrigado. É muito preguiçoso.

EKART *vai até a porta* — Esta noite está suave. O vento quente. Como leite. Amo tudo isso. A gente nunca deveria beber. Ou pelo menos, não tanto. *Volta à mesa.* A noite está suave. Dentro das próximas três semanas, pelo outono adentro, ainda se poderá andar à vontade pelas estradas. *Senta-se.*

WATZMANN — Quer partir hoje à noite? Quer se ver livre dele, não é? Já está cheio?

JOHANNES — Tem que ter cuidado!

Baal aparece devagar na porta.

WATZMANN — É você, Baal?

EKART *duro* — Você de novo. O que quer?

BAAL *entrando e sentando-se* — Em que buraco miserável isto aqui se transformou!

A garçonete traz a aguardente.

WATZMANN — Aqui nada mudou. Só você parece que se tornou mais fino.

BAAL — Ainda é você, Luise?

Silêncio.

JOHANNES — Sim. Aqui se está bem. Preciso beber, beber muito. Isso fortalece. Mesmo assim, a gente vai para o inferno, passando por cima de facas, admito. Mas é diferente. É como quando os joelhos cedem, sabem: flexível! De modo que nem se sentem as facas. De joelhos flexíveis. Aliás, antigamente nunca tive essas ideias, tão esquisitas, quando eu vivia bem, no meio burguês. Só agora tenho ideias, depois de me transformar num gênio. Hum!

EKART *bruscamente* — Agora quero voltar para as florestas, ao amanhecer! A luz é amarelada entre as árvores! Quero subir até as florestas.

JOHANNES — Não compreendo, Baal, você tem que pagar mais uma rodada. Aqui está ótimo.

BAAL — Uma aguardente para...

JOHANNES — Sem nomes! As pessoas se conhecem. Sabe, às vezes de noite sonho coisas horríveis. Mas é só às vezes. Agora me sinto muito bem.

Vento. Bebem.

WATZMANN *cantarolando*:

Ainda há muitas árvores
Frondosas e absolutamente comuns —
Para podermos nos enforcar
Ou deitar à sua sombra.

BAAL — Eu já ouvi isso. Onde é que foi?

JOHANNES — Ela continua boiando. Ninguém a encontrou. Às vezes tenho a impressão, sabem, de que ela me vem pela garganta abaixo, com a aguardente, um cadáver pequenino, meio apodrecido. E, no entanto, já tinha dezessete anos. Agora tem ratazanas e algas no cabelo verde, não lhe ficam mal... um pouco inchada e esbranquiçada, cheia de lodo malcheiroso do rio, completamente preta. Ela que tinha sido sempre tão pura. Por isso é que se atirou no rio e ficou fedorenta.

WATZMANN — O que é a carne? Desfaz-se como o espírito. Meus senhores, estou completamente bêbado. Duas vezes dois são quatro. Portanto, não estou bêbado. Mas pressinto um mundo mais elevado. Ajoelhem-se, sejam humildes! Ponham de lado o velho Adão. *Bebe trêmulo e apressado.* Enquanto tiver meu pressentimento, não estou completamente aniquilado, e ainda posso fazer contas: duas vezes dois... O que é dois? Dois — que palavra engraçada! Dois! *Senta-se.*

BAAL *pega o violão e quebra a luz com ele* — Agora canto eu. *Canta*:

Doente de sol e devorado pela chuva
Com louros roubados nos cabelos despenteados
Esqueceu sua juventude, mas não seus sonhos
Há muito, esqueceu o teto! Nunca, o céu por cima.

Minha voz não tem a pureza do cristal. *Afina o violão.*

EKART — Canta mais, Baal!

BAAL *canta*:

Expulsos do céu e do inferno!
Assassinos que sofreram muita desgraça!
Por que não ficaram no ventre das mães?
Onde havia silêncio e se dormia em paz...

O violão também não está afinado.

WATZMANN — É uma boa canção. Do jeito como eu gosto! Romântica!

BAAL *canta*:

Mas ele procura em mares de absinto
Mesmo que a mãe o tenha esquecido
Com risos e pragas e às vezes lágrimas
Procura a terra onde se vive melhor.

WATZMANN — Já não encontro o meu copo. A mesa dança estupidamente. Acendam a luz! Nem se consegue achar a própria boca.

EKART — Besteira! Você vê alguma coisa, Baal?

BAAL — Não, não quero. Gosto do escuro. Com champagne no corpo e com saudades sem memória. Você é meu amigo, Ekart?

EKART *com dificuldade* — Sou, mas canta!

BAAL *canta*:

Vagando pelo inferno e expulso do paraíso a chicotadas
Sorrindo tranquilo, o rosto se descompondo
Ele sonha vezes com um campo verde
Com céu azul por cima e mais nada.

JOHANNES — Agora quero ficar com você para sempre. Pode me levar consigo. Já não como quase nada.

WATZMANN *acende a luz com dificuldade* — Faça-se a luz. Hehehe.

BAAL — Ela ofusca. *Levanta-se.*

EKART *com a garçonete no colo, levanta-se com dificuldade e procura libertar-se do braço que ela colocou à volta do seu pescoço.* — O que é que você tem? Isso não é nada. É ridículo.

Baal prepara-se para saltar.

EKART — Não vai me dizer que está com ciúmes dela?

Baal avança tateando, cai um copo.

EKART — Por que é que não posso ter mulheres?

Baal olha para ele.

EKART — Sou seu amante?

Baal atira-se sobre ele, estrangulando-o. Apaga-se a luz. Watzmann ri, bêbado; a garçonete grita. Entram outros fregueses, da sala ao lado, com um candeeiro.

WATZMANN — Ele está com uma faca.

GARÇONETE — Vai matá-lo. Jesus, Maria!

DOIS HOMENS *lançam-se sobre Baal e Ekart, que lutam* — Com mil diabos! Parem já! — O cara o apunhalou! Deus do céu!

BAAL *ergue-se. A noite cai de repente, o candeeiro se apaga* — Ekart!

DEZ GRAUS DE LONGITUDE A LESTE DE GREENWICH

Floresta. Baal com o violão, mãos nos bolsos das calças, afastando-se.

BAAL — O vento pálido nas árvores negras! São como os cabelos molhados de Lupu. Por volta das onze horas surgirá a lua. Então será suficientemente claro. Este bosque é pequeno. Vou-me embora para as grandes florestas, lá embaixo. Caminho com solas grossas, desde que voltei a ficar outra vez sozinho na minha pele. Tenho de seguir para o norte, pelo lado das nervuras das folhas. Tenho de deixar para trás esse pequeno caso. Adiante! *Canta*:

Baal espia os urubus sobrevoando
Aguardando Baal-cadáver para atacar
Quieto Baal simula a morte vez em quando
Urubus devora no jantar.

Rajada de vento.

ESTRADA

Anoitecer. Vento. Garoa. Dois guardas andando, lutando contra o vento.

GUARDA 1 — A chuva negra e esse vento dos diabos! Vagabundo maldito!

GUARDA 2 — Parece que ele caminha cada vez mais para o norte, para as florestas. Lá em cima ninguém vai conseguir encontrá-lo.

GUARDA 1 — Afinal, quem é ele, de verdade?

GUARDA 2 — Acima de tudo: um assassino. Antes disso, foi artista de cabaré e poeta. Depois, foi dono de um carrossel, lenhador, amante de uma milionária, preso e gigolô. Quando cometeu o crime, conseguiram agarrá-lo, mas ele tem a força de um elefante. Foi por causa de uma garçonete, uma prostituta. Por causa dela é que ele apunhalou seu melhor amigo.

GUARDA 1 — Um homem desses não tem alma. Pertence à raça dos animais selvagens.

GUARDA 2 — Apesar de tudo, ele é muito infantil. Ajudou umas velhas a carregar lenha, e com isso quase foi apanhado. Nunca possuiu nada. A garçonete era a última coisa que lhe restava. Por causa disso matou o amigo, que também levava uma vida duvidosa.

GUARDA I — Se ao menos encontrássemos uma aguardente ou uma mulher! Vamos! Este é um lugar tenebroso. Há qualquer coisa se mexendo ali! *Saem.*

BAAL *sai do mato com a trouxa e o violão. Assobia entre dentes* — Então, está morto? Coitado desse animalzinho! Estão atravessando o meu caminho! Agora a coisa vai ficar interessante. *Segue os dois. Vento.*

CABANA NA FLORESTA

Noite. Vento. Baal numa cama imunda. Homens jogando cartas e bebendo.

UM HOMEM *junto de Baal*— O que é que você quer? Você está no fim. Qualquer criança percebe isso, e quem se interessa por você? Tem alguém? Então, aguenta firme e cala a boca. Ainda tem dentes? Às vezes há homens que batem as botas quando ainda teriam muito a gozar, milionários! Mas você não tem nem documentos. Não tenha medo: o mundo continua a girar, redondo como uma bola, e amanhã de manhã há de soprar o vento. Coloque-se num ponto de vista superior. Pense: uma ratazana se estrepa. Então! Fique quietinho. Já não tem dentes...

OS HOMENS — Continua chovendo? Vamos ter que passar a noite com o cadáver. — Cala a boca! Truco! — Você ainda tem fôlego, Gordo? Canta qualquer coisa! "Quando do seio materno..." — Deixe-o; vai ficar frio antes que pare a chuva negra. Continua o jogo! — Ele bebeu como um porco, mas este gorducho branco tem algo que nos faz pensar em nós. Ninguém lhe disse isso no berço. — Dez de paus! Calem a boca! Prestem atenção, senão o jogo não tem graça.

Silêncio, apenas interrompido por palavrões.

BAAL — Que horas são?

HOMEM — Onze. Você já vai?

BAAL — Logo. Como estão os caminhos?

HOMEM — Chove.

HOMENS *levantam-se* — A chuva parou. Já era tempo. — Deve estar tudo encharcado. — Mais uma vez, o rapaz não precisa fazer nada. *Pegam os machados.*

HOMEM *de pé diante de Baal, cospe* — Boa noite e adeus! Vai bater as botas?

HOMEM 2 — Vai esticar as canelas, indigente?

HOMEM 3 — Você poderia guardar o fedor para amanhã. Vamos trabalhar até o meio-dia e depois queremos comer.

BAAL — Não podem ficar aqui mais um pouco?

TODOS *às gargalhadas* — Quer que a gente brinque de mamãe? Quer que a gente ouça o canto do cisne? Quer se confessar, barrica? — Não pode vomitar sozinho?

BAAL — Se ficassem pelo menos mais meia hora.

TODOS *às gargalhadas* — Sabe de uma coisa? Arrebente-se aí sozinho! — Vamos, em marcha! Já não há mais vento. — O que é que você tem?

HOMEM — Já vou.

BAAL — Isso não vai durar muito, meus senhores. *Gargalhadas.* Tenho certeza de que não gostariam de morrer sozinhos, meus senhores. *Gargalhadas.*

HOMEM 2 — Velha! Vou-lhe deixar uma lembrança! *Cospe-lhe na cara.*

Todos dirigem-se para a porta.

BAAL — Vinte minutos.

Os homens saem pela porta.

HOMEM *na porta* — Estrelas.

BAAL — Limpa o cuspe!

HOMEM — Onde?

BAAL — Na testa.

HOMEM — Pronto. Por que está rindo?

BAAL — Porque é gostoso.

HOMEM *indignado* — Você já é assunto encerrado. Adeus. *Vai com o machado até a porta.*

BAAL — Obrigado.

HOMEM — Se pudesse fazer mais alguma coisa por você... mas tenho que ir trabalhar. Crucifixo. Cadáveres!

BAAL — Você! Venha cá um pouquinho! *O homem se inclina.* Foi muito bonito...

HOMEM — O que é que há, galinha doida, quer dizer: capão?

BAAL — Tudo.

HOMEM — Gente fina! *Dá uma gargalhada e sai; a porta fica aberta, vê-se a noite azul.*

BAAL *inquieto* — Ei, homem!

HOMEM *na janela* — Hein?

BAAL — Você vai embora?

HOMEM — Vou trabalhar.

BAAL — Onde?

HOMEM — O que é que você tem com isso?

BAAL — Que horas são?

HOMEM — Onze e quinze. *Sai.*

BAAL — Diabos o carreguem.

Silêncio.

Um, dois, três, quatro, cinco, seis. Não adianta.

Silêncio.

Mamãe! Ekart, vai embora, o céu está malditamente perto, ao alcance da mão, tudo ensopado outra vez. Dormir. Um. Dois. Três. Quatro. Aqui dentro eu me sufoco. Lá fora deve estar claro. Quero sair. Ergue-se. Vou sair. Caro Baal. Brusco. Não sou ratazana. Lá fora deve estar claro. Caro Baal. Ainda consigo chegar até a porta. Ainda tenho joelhos, na porta se está melhor. Maldição! Caro Baal! Arrasta-se até a porta. Estrelas... hum. Arrasta-se para fora.

AMANHECER NA FLORESTA

Lenhadores.

Um — Passa a bebida! Escuta os passarinhos!

Dois — Vai fazer calor hoje.

Três — Ainda há muito tronco para derrubar.

Quatro — O homem já deve estar frio.

Três — Acho que sim.

Dois — É.

Três — Poderíamos comer ovos agora, se ele não tivesse comido tudo. Isso é uma façanha e tanto: roubar ovos no leito de morte! Primeiro fiquei com pena, mas depois me encheu o saco. Graças a Deus que nesses três dias não farejou a bebida. Que desperdício: ovos num cadáver!

Um — Ele tinha um jeito especial de se deitar na lama; sabia muito bem que não se levantaria mais. Deitou-se, como numa cama feita. Com todo o cuidado. Alguém o conhecia? Como é que se chama? O que ele andava fazendo?

Quatro — Temos que enterrá-lo assim. Agora passa-me a bebida!

Três — Eu lhe perguntei, quando já estava agonizando: Em que você está pensando? Gosto sempre de saber o que é que se pensa nessa hora. Então ele me disse: "Ainda estou escutando a chuva." Senti um arrepio, me subindo pelas costas. "Ainda estou escutando a chuva", ele disse.

Tambores na noite

(Comédia)

Trommeln in der Nacht
Komödie
Escrito em 1919
Estreia: 29 de setembro de 1922, em Munique

Tradução: Fernando Peixoto

Nota para o palco

Esta comédia foi representada em Munique, segundo indicações de Caspar Neher, diante do seguinte cenário: atrás dos biombos de papelão vermelho de cerca de dois metros de altura representando paredes de um quarto, a cidade grande estava pintada à maneira infantil. Sempre alguns segundos antes do aparecimento de Kragler a lua brilhava vermelha. Os ruídos eram apenas debilmente aludidos. No último ato era um gramofone que tocava a Marselhesa. Se o terceiro ato não tiver um efeito dinâmico e musical, acelerando o ritmo da peça, pode ser omitido. É recomendável pendurar na plateia alguns cartazes com frases como "Não façam essas caras tão românticas".

Personagens

Andreas Kragler
Anna Balicke
Karl Balicke, seu pai
Amalie Balicke, sua mãe
Friedrich Murk, seu noivo
Babusch, um jornalista
Dois homens
Manke do Bar Picadilly, um garçom
Manke dos passas, seu irmão, um garçom

Glubb, um comerciante de cachaça
O homem bêbado
Bulltrotter, um repórter
Um operário
Laar, um camponês
Auguste e Marie, prostitutas
Uma criada
Uma vendedora de jornais

Os irmãos Manke serão representados pelo mesmo ator.

PRIMEIRO ATO
(ÁFRICA)

Em casa dos Balicke.
Quarto em penumbra, com cortinas de fazenda leve e transparente. Fim de tarde.

BALICKE *barbeando-se perto da janela* — Faz quatro anos que ele desapareceu. Agora, não volta nunca mais. Os tempos não andam nada seguros. Um homem hoje em dia vale ouro. Eu já teria dado o meu consentimento há uns dois anos. Esse maldito sentimentalismo de vocês me enganou naquela ocasião. Agora eu passaria por cima de cadáveres.

DONA AMALIE *diante do retrato de Kragler fardado de artilheiro, na parede* — Era um homem tão bom. Era um homem tão infantil.

BALICKE — Agora ele está podre.

DONA AMALIE — Ah, se ele voltar...

BALICKE — Do céu ninguém volta.

DONA AMALIE — Pelas cortes celestiais, a nossa Anna se afogaria!

BALICKE — Se ela diz isso, é porque é uma burra e nunca vi burro na água.

DONA AMALIE — De qualquer jeito, ela está sempre cuspindo por aí.

BALICKE — Ela precisa é deixar de se encher de tantas amoras e arenque com nata. Esse Murk é um ótimo rapaz, por ele podemos dar graças a Deus de joelhos.

DONA AMALIE — Dinheiro, ele ganha. Mas, comparado com o outro! Eu fico com os olhos cheios d'água...

BALICKE — Comparado com o defunto? Uma coisa eu lhe digo: é agora ou nunca! Será que ela está esperando o papa? Ou, quem sabe, um negro? Eu já estou cheio dessa novela!

DONA AMALIE — E se ele aparecer? Esse defunto, esse cadáver que deve estar podre, como você diz; e se ele volta, do céu ou do inferno, e diz "meu nome é Kragler"? Aí, quem é que vai lhe dizer que ele é um defunto e que a noiva dele está na cama com outro?

BALICKE — Eu digo isso a ele! E você vai dizer a essa menina que já estou farto: a marcha nupcial será tocada e o noivo é Murk! Se eu lhe disser, ela nos afoga em lágrimas. E agora, por favor, me acenda a luz!

DONA AMALIE — Eu trago o esparadrapo: você sempre se corta, assim sem luz.

BALICKE — Um corte é grátis, mas a luz custa dinheiro. *Chama em voz alta* — Anna!

ANNA *à porta* — Que é, pai?

BALICKE — Faça o favor de prestar muita atenção ao que sua mãe vai dizer, para depois não me cair em prantos no dia de sua festa!

DONA AMALIE — Venha cá, minha filha! O que seu pai quer dizer é que você está muito pálida, como se não dormisse mais de noite.

ANNA — Eu durmo, sempre.

DONA AMALIE — Escute: você não pode ficar toda a vida assim. Agora ele não volta nunca mais. *Acende velas.*

BALICKE — Já está ela fazendo olhos de crocodilo!

DONA AMALIE — Não tem sido fácil para você, porque ele era um ótimo sujeito; mas agora está morto.

BALICKE — Morto e enterrado e podre!

DONA AMALIE — Karl! E o Murk está aí mesmo: um rapaz de valor, com um futuro pela frente!

BALICKE — Pois então!

DONA AMALIE — Então, em nome de Deus, diga o sim! Você precisa dar o "sim" perante Deus.

BALICKE — E não me faça fita. E também não vá fazer nenhuma cena!

DONA AMALIE — Aceite-o, em nome de Deus! Você precisa aceitá-lo como esposo, perante Deus.

BALICKE *furioso por não acertar com o esparadrapo* — Que diabo, você pensa que os rapazes gostam de ser chutados como bolas de futebol? Diga que sim ou que não, de uma vez! Ficar assim, de olhos virados para o céu, é uma estupidez!

ANNA — Sim, pai!

BALICKE *irritado* — Pois é: agora vem a choradeira, as comportas se abrem, e eu vou vestir o meu salva-vidas.

DONA AMALIE — Você não gosta do Murk, nem um pouquinho?

BALICKE — Que falta de moral!

DONA AMALIE — Balicke! Anna, o que é que há contra Friedrich Murk?

ANNA — Nada! Mas, vocês sabem muito bem, e eu estou enjoando tanto.

BALICKE — Não sei, nem quero saber! Mas uma coisa eu lhe digo: aquele cara está mais do que podre, com o esqueleto todo desmontado! São quatro anos! Sem nenhum sinal de vida! E toda a bateria explodiu, foi tudo pelos ares! Em frangalhos! Sumiu! Muito simples dizer, aonde ele foi! Só esse seu maldito medo de fantasmas! Arranje um marido e não precisa mais ter medo de fantasmas de noite. *Caminhando na direção de Anna e falando com simpatia* — Vamos lá, você é uma mulherzinha corajosa, ou não é? Ora, venha cá!

Tocam a campainha.

ANNA *assustada* — É ele!

BALICKE — Segure o homem lá fora e prepare-o!

DONA AMALIE *à porta, com o cesto de roupa suja* — Então, você não tem roupa para lavar?

ANNA — Tenho. Não. Não, acho que não tenho nenhuma.

DONA AMALIE — Mas já estamos a oito!

ANNA — A oito, já?

DONA AMALIE — Naturalmente: hoje é o oitavo dia?

ANNA — E se já fosse o décimo oitavo?

BALICKE — Que bate-boca é esse aí na porta? Anna, venha cá!

DONA AMALIE — Vai ver que tem roupa para lavar. *Sai.*

BALICKE *sentando-se e puxando Anna sobre o colo.* — Veja bem, uma mulher sem homem é como um botequim vazio! Você sente falta do rapaz que mandaram para o exército. Tudo bem! Mas você ainda o reconheceria agora? Nem faz ideia, minha querida! A morte fez dele uma curiosidade de feira. Passou três anos se embelezando. Se não estivesse mortinho da silva, seria bem diferente do que pensa. Além disso, está podre e não tem mais boa aparência. Já ficou sem nariz! Mas você tem saudade! Arranje um outro! É a natureza, compreende! Vai se sentir igual a uma coelha numa horta de alface! Você tem corpo saudável e apetite! Isso realmente não é nenhuma ofensa a Deus!

ANNA — Mas do outro eu não posso me esquecer, nunca! O senhor tenta me convencer, mas eu não posso.

BALICKE — Pegue esse Murk, para ajudar a esquecer!

ANNA — Eu gosto dele e um dia vou gostar só dele, mas por enquanto, ainda não. Depois talvez...

BALICKE — Ele ajuda você a sair dessa: precisa apenas de certos poderes, e para isso o melhor é casar! Não posso explicar direito, você ainda é muito menina. *Faz-lhe cócegas.* Então, está resolvido?

ANNA *rindo animada* — Eu nem sei se o Friedrich vai querer...

BALICKE — Mulher, entre!

DONA AMALIE — Por favor, senhor Murk, queira entrar! No salão por favor!

BALICKE — Boa noite, Murk! Até parece que saiu do cemitério!

MURK — Senhorita Anna!

BALICKE — Que há com você? Ficou sem jeito? Por que essa cara assim tão branca, homem? Será o barulho dos tiros, que o vento da noite traz? *E sai ostensivamente com Amalie.*

ANNA — Friedrich, o que é que você tem? Está mesmo tão pálido!

MURK *farejando o ar* — Para um noivado era preciso vinho? *Silêncio.* Alguém esteve aqui? *Investe sobre Anna.* Esteve aqui algum homem? Por que você ficou branca feito um lençol? Quem foi que esteve aqui?

ANNA — Aqui, ninguém esteve: homem nenhum! Que é que há com você?

MURK — Mas então, para que essa pressa toda? A mim, ninguém me embroma! Isso era o que ele queria! Mas eu não quero saber de noivado aqui nesta espelunca!

ANNA — Quem falou em noivado?

MURK — A velha. Aos olhos do dono, as vacas são sempre gordas! *Anda aflito para um lado e outro.* Muito bem: e daí?

ANNA — Você age como se meus pais tivessem interesse nisso. Deus sabe que meus pais não têm interesse nenhum. Nenhum mesmo!

MURK — Quando foi mesmo que você fez a primeira comunhão?

ANNA — Só estou dizendo que o seu julgamento é muito apressado.

MURK — Ah, é? E o outro?

ANNA — Não é do outro que eu estou falando.

MURK — Mas ele está aí, no ar, sempre rondando a gente.

ANNA — Era bem diferente. Era uma coisa que você nunca vai entender, porque era espiritual.

MURK — E entre nós dois, é carnal?

ANNA — Isso entre nós dois não é nada.

MURK — E agora! Agora é alguma coisa!

ANNA — Isso você não sabe.

MURK — Daqui a pouco, a cantiga vai ser outra!

ANNA — Só quero ver!

MURK — Eu vou fazer o pedido!

ANNA — Essa é a sua declaração de amor?

MURK — Não, essa vem depois.

ANNA — Afinal, é uma fábrica de cestos.

MURK — Você é uma peste mesmo, hein? Ontem de noite, também, os velhos não desconfiaram de nada?

ANNA — Ora, Friedrich! Eles dormem como umas pedras! *Aconchega-se a ele.*

MURK — E nós, não!

ANNA — Danado!

MURK *puxando-a para si e beijando-a calmamente.* — Peste!

ANNA — Quieto, aí! Há um trem dentro da noite! Está escutando? Às vezes tenho pavor de que ele chegue, me dá um frio na espinha!

MURK — Quem? A múmia? Deixe por minha conta! Mas uma coisa eu digo: ele não entra mais na nossa história! Defunto entre nós dois, na cama, não. Não admito nenhum outro além de mim!

ANNA — Não leve a mal, Friedrich! Perdoe, sim?

MURK — Santo André! É um fantasma! Depois que nós estivermos casados, terá tão pouca vida como ao ser enterrado. Quer apostar? *Ri.* Eu aposto: um bebê!

ANNA *escondendo o rosto no peito dele* — Por favor, não diga uma coisa dessas.

MURK *alegre* — Claro que digo! *Voltando-se para a porta:* Mamãe, pode entrar! Papai, bom dia!

DONA AMALIE *grudada à porta* — Meus filhos! *Põe-se a chorar.* Uma dádiva dos céus!

BALICKE — Que parto trabalhoso, hein!

Abraçam-se todos, comovidos.

MURK — Gêmeos! E o casamento, quando é? Tempo é dinheiro!

BALICKE — Por mim, em três semanas. A cama de casal já está arrumada. Mamãe, o jantar!

DONA AMALIE — Já vai, já vai, homem! Me deixe tomar fôlego! *Sai às pressas.* Uma dádiva dos céus!

MURK — Permitam-me convidá-los todos para uma garrafa no Bar Picadilly, esta noite! Eu sou pelo noivado imediato! E você, Anna?

ANNA — Se tem de ser...

BALICKE — Mas aqui mesmo! Por que no Bar Picadilly? Está com o miolo mole?

MURK *inquieto* — Aqui, não. Aqui, de jeito nenhum!

BALICKE — Mais esta, agora!

ANNA — Ele é tão engraçado! Então vamos para o Bar Picadilly!

BALICKE — Esta noite? A gente corre perigo de vida!

DONA AMALIE *entrando com a criada para servir* — Vamos, meninos! O inesperado acontece... À mesa, meus senhores!

Comem com sofreguidão.

BALICKE *erguendo o copo* — À saúde dos noivos! *Brindam.* Os tempos andam incertos. A guerra já está no fim. A carne de porco está muito gorda, hein, Amalie! Com a desmobilização das tropas, vêm a desordem, a cobiça, a bestialidade desumana, a encher de novo o oásis do trabalho pacífico.

MURK — Um brinde aos cestos de vime para munição! Anna, à sua saúde!

BALICKE — As pessoas de vida incerta, cavalheiros duvidosos, multiplicam-se. O governo é muito condescendente com os abutres da revolução. *Desdobra uma folha de jornal.* As massas instigadas não têm nenhum ideal. Mas o pior, aqui eu posso falar, são os soldados que voltam da guerra: embrutecidos, indisciplinados, aventureiros desabituados de trabalhar e que não respeitam mais nada. Na verdade, é uma época difícil: um homem, hoje em dia, vale ouro! Anna, segure bem o seu! Dê um jeito de ficarem sempre juntos, e andarem sempre os dois, perto um do outro! À saúde de vocês!

Balicke dá corda num gramofone.

MURK *enxuga o suor do rosto* — Bravo! Homem que é homem de verdade, sempre se safa. Mas precisa ter cotovelos fortes, e botas bem ferradas; boa visão, e não olhar o que está embaixo. Por que não, Anna? Eu também vim do nada: menino de recados, aprendiz de mecânico, um jeitinho daqui, um arranjo dali, aqui e ali vivendo e aprendendo. Foi assim que se fez nossa Alemanha! Nem sempre mãos enluvadas, mas sempre trabalho duro, sabe Deus! Agora eu estou de cima. Anna, à sua saúde!

O gramofone toca "Eu rezo ao poder do amor".

BALICKE — *Muito bem! Ora, Anna, o que é isso?*

ANNA *de pé, vira-se um pouco para o outro lado* — Não sei. Tudo assim tão rápido. Talvez não seja bom, mamãe, será?

DONA AMALIE — Será o que, menina? Parece uma boba. Vamos, alegre-se! O que é que não será bom?

BALICKE — Sente-se aí! Se vai ficar em pé, dê mais um pouco de corda no gramofone!

Anna senta-se.
Pausa.

MURK — Vamos brindar! *Bate taças com Anna.* O que é que você tem?

BALICKE — E quanto aos negócios, Fritz, a sua fábrica de cestos para munição dentro em breve não vai render mais nada: mais uma ou duas semanas de guerra civil, e depois acabou! Falando sério, eu sei de uma coisa melhor: carrinhos para bebês! A fábrica só tem o que lucrar, em todos os sentidos. *Pega Murk por um braço e leva-o a uma janela ao fundo, abrindo as cortinas.* Constrói-se ali o anexo número dois, ali o anexo número três, tudo moderno e resistente... Anna, dá corda no gramofone! Essa canção sempre me deixa comovido.

O gramofone toca o hino nacional alemão: "Deutschland, Deutschland über alles!"

MURK — Vejam: um homem no pátio da fábrica! Que será aquilo?

ANNA — Que coisa horrível. Acho que está olhando para nós.

BALICKE — Deve ser o vigia. Fritz, de que está rindo? Ou está com uma coisa na garganta? As mulheres ficaram pálidas!

MURK — Foi uma ideia engraçada que me ocorreu: espartaquistas...

BALICKE — Bobagem! Isso não existe entre nós! *Mas ele se afasta, aborrecido.* Voltando ao caso da fábrica... *Retornando à mesa, Anna fechando as cortinas.* A guerra, para mim, deu muitos frutos: tudo tão fácil, não tirar proveito era ser muito idiota! Qualquer outro teria feito o mesmo. O fim do porco é o princípio da salsicha! Pensando bem, a guerra para nós foi uma sorte! Já temos o que é nosso bem seguro, com folga e conforto. Podemos, com toda a tranquilidade, passar a fabricar carrinhos para bebês. Sem afobação! Concorda?

MURK — Plenamente, papai! À sua saúde!

BALICKE — E vocês, também sem afobação, já podem ir fabricando os bebês! *Ri com espalhafato.*

CRIADA — Patrão, o senhor Babusch está aí!

BABUSCH *entra devagar* — Meninos, vocês estão bem protegidos contra o sabá das bruxas vermelhas! Os espartaquistas estão mobilizados! Romperam-se os acordos. Em vinte e quatro horas, vai haver fogo de artilharia em Berlim!

BALICKE *com o guardanapo no pescoço* — Ora, com os diabos, esses sujeitos nunca ficam satisfeitos?

DONA AMALIE — Artilharia? Meu Deus, que noite! Que noite, meu Deus! Balicke, eu vou me esconder lá no porão!

BABUSCH — No centro da cidade ainda está tudo calmo. Mas dizem que eles vão ocupar os jornais.

BALICKE — Mas como? A gente aqui celebrando um noivado! Num dia assim é que eles fazem uma dessas? São uns tarados!

MURK — O jeito é pôr todos no paredão!

BALICKE — Ao paredão, todos os descontentes!

BABUSCH — Quem fica noivo, Balicke: é você?

MURK — Babusch, aqui a minha noiva!

DONA AMALIE — Uma dádiva do céu! Mas quando é que vão começar os tiros?

BABUSCH *aperta as mãos de Anna e de Murk* — Os espartaquistas têm um estoque de armamento enorme. São uns canalhas! E então, Anna? Não vão desanimar por causa disso: aqui não vai acontecer nada, aqui é um lugar de paz! A família; a família alemã! "My home is my castle!"

DONA AMALIE — Num tempo destes! Num tempo destes! E logo no dia mais solene, Anna!

BABUSCH — Meninos, tudo isso é muito interessante!

BALICKE — Para mim, não! De jeito nenhum mesmo! *Esfrega a boca com o guardanapo.*

MURK — Por que você não vem conosco ao Bar Picadilly? É um noivado!

BABUSCH — E os espartaquistas?

BALICKE — Vão esperar, Babusch! Vão atirar na barriga de outros! Venha conosco ao Bar Picadilly, Babusch! Mulheres, enfeitar-se!

DONA AMALIE — Bar Picadilly, de noite? *Senta-se numa cadeira.*

BALICKE — Bar Picadilly é o nome antigo dele: agora é Café Pátria! Friedrich está convidando! Que é que tem, de noite? É por isso que existem carruagens. Marche, velha, enfeitar-se!

DONA AMALIE — Eu não vou dar nem um passo fora das minhas quatro paredes! Que é que há com você, Fritzinho?

ANNA — Sua alma, sua palma! Se o Fritz quer assim...

Todos olham para Murk.

MURK — Aqui, não: aqui, de jeito nenhum! Eu quero luz e música! Lá é muito bom! Aqui está tão escuro. Eu até botei uma boa roupa. Então como é, minha sogra?

DONA AMALIE — Eu não estou conseguindo entender. *Sai.*

ANNA — Friedrich me espere: fico pronta num instante!

BABUSCH — Quanta coisa acontecendo! Tudo está explodindo. Bebês, organizai-vos! Por falar nisso: meio quilo de damascos madurinhos, macios que nem manteiga, suculentos, cor de carne, custa dez marcos. Seus preguiçosos, não aceitem provocações. Em todo lugar, bandos de indivíduos que assobiam com dois dedos na boca para dentro dos cafés iluminados. A bandeira deles é a preguiça. E nos salões de baile dança a alta sociedade. Ora, à saúde dos noivos!

MURK — As mulheres não mudam de roupa. Não tem importância. Grandes decotes só chamam a atenção.

BALICKE — Exatamente! Os tempos andam difíceis, até uma roupa mais velha já põe água na boca dessa gente. Anna, desça logo!

MURK — Nós já vamos andando. Não mude a roupa, não!

ANNA — Malvado! *Sai.*

BALICKE — Vamos em frente! Com toque de clarins, direto ao Paraíso! Quem vai mudar de camisa sou eu.

MURK — Então você vem com mamãe, depois. E nós levamos Babusch como dama de honra, não é? *Cantarola:* "Babuschinho, Babuschão, a trote pelo salão."

BABUSCH — Esses versinhos sem graça, de algum rapaz sem juízo, você não pode esquecer agora?

Sai, levando Murk pelo braço.

MURK *cantando ainda lá fora* — "Tirem o dedo da boca, meninos, que isso faz mal: é a hora da bacanal!..." Anna!

BALICKE *a sós, acendendo um charuto* — Graças a Deus, está tudo encaminhado! Mas que mão de obra! Essa só vai para a cama à força! Com esse amor exagerado por um morto! Eu cheguei a suar minha camisa nova. Agora pode acontecer o que quiser. O lema é: carrinhos para bebês! *Grita para fora:* Mulher, uma camisa!

Anna *fora de cena* — Friedrich! Friedrich! *Entra afobada.* Friedrich!

Murk *na porta* — Anna! *Secamente, inquieto, de braços caídos, como um orangotango.* Você vem conosco?

Anna — Que é que há com você? O que é que você quer?

Murk — Quero saber se você vem conosco. Sei muito bem o que estou perguntando. Nada de embromação: vamos ser francos!

Anna — É claro, ora! Que novidade!

Murk — Pois muito bem. Eu não estou tão certo. Passei vinte anos morando em águas-furtadas, sentindo o frio até a medula dos ossos; e agora estou aqui de polainas, faça o favor de olhar! Durante a noite eu suava, à luz de um bico de gás que me ardia nos olhos; e agora até alfaiate eu tenho! Mas não me sinto ainda em segurança; há um vento frio que corre por baixo e esfria os pés da gente. *Aproxima-se de Anna, sem tocá-la, e fica balançando-se diante dela.* Agora cresce a carne! Agora corre o vinho tinto! Agora estou aqui: banhando em suor, olhos fechados, punhos cerrados com unhas cortando a carne. Fim! Segurança! Calor! Tira-se a roupa de trabalho. Uma cama branca, larga, macia! *Ao passar diante da janela, lança um olhar de relance para fora.* Venha cá: abro os punhos, sento-me ao sol em mangas e tenho você.

Anna *voando para ele* — Você!

Murk — Minha gatinha!

Anna — Agora você tem!

Murk — Elas ainda não vieram?

Babusch *de fora* — Como é? Eu sou a dama de honra, crianças!

Murk *dá corda no gramofone, que reza de novo ao poder do amor.* — Eu sou o sujeito melhor do mundo, quando me deixam fazer o que eu quero. *Sai, de braço dado com Anna.*

Dona Amalie *entra animada, de vestido preto, e diante do espelho ajeita o gorro do capote* — Essa lua tão grande e tão vermelha... E essas crianças, Deus meu! Bem: esta noite vamos ter mais um motivo para dar graças!

Nesse momento aparece à porta um homem com a farda azul-marinho de artilheiro, imunda, empunhando um pequeno cachimbo.

KRAGLER — Meu nome é Kragler.

DONA AMALIE *sentindo os joelhos fracos, apoia-se à mesa do espelho* — Jesus!

KRAGLER — Ora, por que essa cara de outro mundo? Também gastou dinheiro com as coroas de flores? Que pena! Apresento-me: eu estava estabelecido na Argélia, como fantasma. Mas agora o defunto tem um apetite danado! Podia devorar minhocas! Mamãe Balicke, a senhora está sentindo alguma coisa? Que canção idiota! Desliga o gramofone.

Dona Amalie ainda sem dizer palavra, fica olhando Kragler, estarrecida.

KRAGLER — Cuidado agora para não cair no chão! Olhe ali uma cadeira! Um copo d'água também se pode arranjar. *Cantarolando, vai até o armário.* Ainda conheço bastante o lugar. *Põe vinho num copo.* Vinho! Do Reno! Para ser um fantasma, estou bastante animado, não é? *Põe-se a cuidar de dona Amalie.*

BALICKE *de fora* — Venha de uma vez, minha velha! Marchons, você está bonita, meu anjo! *Entra e fica parado, perplexo.* Que é isso?

KRAGLER — Boa noite, senhor Balicke! Sua senhora está passando mal. *Tenta fazê-la beber um pouco de vinho, mas ela desvia o rosto horrorizada.*

Balicke olha por um momento inquieto.

KRAGLER — Beba um golinho! Não quer? Já vai ficar boa! Nunca pensei que eu fosse tão bem lembrado. Acabo de chegar da África, mesmo. Espanha, passaporte falso e outros arranjos. E agora: onde está Anna?

BALICKE — Queira deixar minha mulher em paz, pelo amor de Deus! Não vê que a está afogando?

KRAGLER — Então, tudo bem.

DONA AMALIE *buscando refúgio em Balicke, parado em pé* — Balicke!

BALICKE *com firmeza* — Senhor Kragler, se é de fato quem diz ser, permita que lhe peça uma informação: que está fazendo aqui?

KRAGLER *perplexo* — Escute: eu estava na África, prisioneiro de guerra!

BALICKE — Diabo! *Vai a um pequeno armário de parede e bebe uma dose de aguardente.* Essa é boa! Com o senhor, é tudo assim! Que porcaria! Mas o que é que o senhor quer, exatamente? Que pretende fazer? Minha filha acaba de ficar noiva, esta noite mesmo, não faz nem meia hora!

KRAGLER *vacilando, um tanto inseguro* — Que quer dizer com isso?

BALICKE — O senhor passou quatro anos longe. Ela esperou quatro anos. Nós esperamos quatro anos. Mas agora acabou-se! E o senhor não tem mais nada a fazer aqui.

Kragler senta-se.

BALICKE *não muito seguro de si, mas esforçando-se por manter a compostura.* — Senhor Kragler, esta noite eu já tenho compromisso.

KRAGLER *ergue os olhos* — Compromisso? *Distraído:* Ah, sim... *Recolhe-se outra vez.*

DONA AMALIE — Senhor Kragler, não fique assim desanimado! Há tantas moças no mundo! Essas coisas acontecem. Aprenda a sofrer sem gemer!

KRAGLER — Anna!

BALICKE *brusco* — Mulher! *Ela aproxima-se trêmula, e ele fala firme.* Nada de sentimentalismos! Marchons! *Sai com ela.*

A criada aparece à porta.

KRAGLER — Humm... *Balança a cabeça.*

CRIADA — Os patrões saíram. *Silêncio.* Os patrões foram para o Bar Picadilly, festejar o noivado.

Silêncio. Vento.

KRAGLER *levanta os olhos para a criada* — Humm...

Ele põe-se vagarosamente de pé, com um ar pesado, passeia o olhar pelo aposento, dá alguns passos em silêncio, lança o olhar pela janela, volta-se, e *sai devagar, a passos miúdos, assobiando, sem o boné na cabeça.*

CRIADA — Olhe: o seu boné! O senhor esqueceu o seu boné!

SEGUNDO ATO
(PIMENTA)

No Bar Picadilly.

Ao fundo, um janelão pelo qual se vê a lua vermelha. Música. Vento quando se abre a porta.

BABUSCH — Vamos, meninos, todos para o circo! Tem lua à beça! Viva Espártaco! Tudo lixo! Vinho tinto!!

MURK *entra de braços com Anna, e os dois tiram o casaco* — Uma noite como nos romances: gritaria no bairro dos jornais, e os noivos de carruagem!

ANNA — Eu não consigo me livrar de uma sensação ruim. Estou tremendo toda!

BABUSCH — Saúde, Friedrich!

MURK — Aqui eu me sinto em casa. Depois de algum tempo, fica desagradável como o diabo, mas é muito fino. Babusch, a velharia é com você!

BABUSCH — Ótimo! *Bebe.* E com você a geração do futuro! *Sai.*

ANNA — Me dê um beijo!

MURK — Ficou maluca? Metade de Berlim está nos olhando!

ANNA — Não importa, para mim nada importa quando estou com vontade. Com você não é assim?

MURK — De jeito nenhum. Aliás, nem com você.

ANNA — Você é vulgar.

MURK — Sou, sim!

ANNA — Covarde!

Murk toca a sineta, entra um garçom.

MURK — Atenção! Sentido! *Debruça-se sobre a mesa, derrubando copos, e beija Anna à força.*

ANNA — Seu...

MURK — Debandar! *Sai o Garçom.* Ainda sou covarde? *Espia embaixo da mesa.* Você agora não precisa mais ficar roçando os pés em mim.

ANNA — Está pensando o quê?

MURK — E este homem será o seu amo e senhor.

BALICKE *entrando com Babusch e dona Amalie* — Lá estão eles! Garçom!

ANNA — Aonde vocês foram?

DONA AMALIE — A lua está tão vermelha: fico perturbada porque está tão vermelha. E há gritaria, de novo, no bairro dos jornais.

BABUSCH — Lobos!

DONA AMALIE — É bom mesmo vocês dois ficarem juntos.

BALICKE — Na cama ainda é melhor, hein, Friedrich?

ANNA — Mãe, a senhora está bem?

DONA AMALIE — Quando pretendem casar?

MURK — Dentro de umas três semanas, mamãe.

DONA AMALIE — Não devíamos ter convidado mais gente para o noivado? Assim ninguém está sabendo de nada, e era bom que soubessem...

BALICKE — Bobagem, pura bobagem! Tudo por causa do uivo de um lobo? Deixe uivar à vontade, até ficar de língua pendurada, batendo nos joelhos! Eu acabo com ele num instante!

BABUSCH — Murk, me ajude aqui a abrir esta garrafa! *Em voz baixa*: Ele está aí: com a lua, ele veio! A lua trouxe o lobo... da África!

MURK — Andrée Kragler?

BABUSCH — É o lobo. Chato, não é?

MURK — Ele está morto e enterrado. Feche a cortina!

DONA AMALIE — Seu pai veio até aqui entrando num bar e noutro para um gole de pinga. Agora está com um porre danado. Isso é que é homem! Que homem! Ainda vai se matar de beber pelos filhos, esse homem.

ANNA — Sim, mas por que ele faz isso?

DONA AMALIE — Não pergunte, filha! Não me pergunte! Está tudo de pernas para o ar. É o fim do mundo. Agora eu preciso é de um copinho de ginja, minha filha!

BALICKE — É só por causa daquela passa vermelha, mãe. Fechem as cortinas! *O garçom fecha-as.*

BABUSCH — Você já sabia de alguma coisa?

MURK — Eu estou pronto para o que der e vier. Ele já esteve na casa deles?

BABUSCH — Já, ainda há pouco.

MURK — Então deve estar vindo para cá.

BALICKE — Conspiração atrás das garrafas de vinho? Venham plantar-se aqui! Vamos comemorar esse noivado! *Sentam-se todos à mesa.* Depressa! Não tenho tempo para me sentir cansado.

ANNA — Ih, e o cavalo! Tão engraçado! Ficou parado no meio da rua. Friedrich, desce, o cavalo não quer andar! E o cavalo parado no meio da rua. E tremia! Os olhos deles pareciam duas bolas com o branco todo aparecendo. Friedrich picou os olhos dele com uma bengala e o bicho deu um pulo: igualzinho como no circo!

BALICKE — Tempo é dinheiro! Aqui está um calor danado: estou de novo suando, e já encharquei uma camisa hoje!

DONA AMALIE — Se continuar assim, vai acabar pedindo esmola para pagar a lavanderia!

BABUSCH *comendo ameixas secas que tira do bolso* — Agora, meio quilo de damascos está custando uns dez marcos. Vejam vocês! Eu vou escrever um artigo sobre o custo de vida: com isso eu ganho dinheiro para comprar damascos. Se o mundo acabar, eu vou escrever a respeito. Mas o que vai ser dos outros? Se o bairro do Jardim Zoológico for pelos ares, eu vou ficar como um pinto no ovo. E vocês?

MURK — Camisas, damascos, Jardim Zoológico... E o casamento, quando é que sai?

BALICKE — Em três semanas: casamento em três semanas. Tenho dito e o céu nos ouviu! Estamos todos de acordo? Todos aprovam este casamento? Então, vamos: aos noivos!

Brindam aos noivos. Escancara-se a porta e nela aparece Kragler. O vento faz tremerem as chamas das velas.

BALICKE — Anna, o que é isso? Está com o copo tremendo na mão: é igual à sua mãe!

Anna sentada, de frente para a porta, vê Kragler e encolhe-se toda, fitando-o perplexa.

DONA AMALIE — Jesus, Maria, José! O que foi, minha filha?

MURK — Que ventania é essa?

KRAGLER *rouco* — Anna!

Anna solta um grito abafado.

Todos olham em volta e levantam-se de repente. Confusão. Falam todos ao mesmo tempo.

BALICKE — Com os diabos! *Engole um copo de vinho.* Mamãe, olhe aí o fantasma!

DONA AMALIE — Jesus: é o Kra...

MURK — Fora! Fora!

Kragler fica algum tempo parado em pé na porta, com um ar sombrio; durante a breve confusão, aproxima-se de Anna, bastante rápido mas com dificuldades. Anna continua sentada, com o copo a tremer diante do rosto. Kragler tira-lhe o copo da mão, apoia-se na mesa e olha-a fixamente.

BALICKE — Ele está bêbado!

MURK — Garçom, isso é violação de domicílio! Fora com ele! *Corre beirando a parede, e repuxa consigo a cortina. Clarão de lua.*

BABUSCH — Atenção! Ele está com o peito em carne viva, por baixo da camisa: está pegando fogo, não ponham a mão nele! *Bate na mesa com a bengala.* Nada de escândalo, aqui! Vamos saindo com calma, com muita ordem!

ANNA *nesse meio-tempo afastou-se da mesa e abraça sua mãe.* — Mamãe, socorro!

Kragler dá volta à mesa e encaminha-se vacilante para Anna.

DONA AMALIE *tudo quase ao mesmo tempo* — Deixe minha filha viver! Você vai preso! Jesus, ele mata a menina!

BALICKE *de longe, engrossando a voz* — Está de porre? Seu pé-rapado! Anarquista! Soldadinho! Pirata! Fantasma de uma figa, onde está o seu lençol?

BABUSCH — Você assim tem um enfarte, e ele acaba casando mesmo com ela. Calem a boca! Ele é o único que está sofrendo aqui. Afastem-se todos! O homem precisa desabafar: é um direito que ele tem! *À dona Amalie*: A senhora não tem piedade? Ele esteve quatro anos longe: é uma questão de piedade.

DONA AMALIE — Mas minha filha nem se aguenta em pé, e está mais branca que uma folha de papel!

BABUSCH *a Murk* — Mas então olhe para a cara dele! Anna já percebeu! Antigamente era uma pele branca como leite e vermelha como maçã! Hoje é uma tâmara podre. Não tenham medo!

Vão saindo todos.

MURK *de saída* — Se é de ciúme que está querendo falar, não é comigo! E mais essa!

BALICKE *entre a mesa e a porta, um tanto embriagado e de pernas bambas, com o copo na mão, andando e falando* — Sua múmia! Cara de elefante murcho! Você não tem nada que se aproveite. É uma pouca vergonha! *Vai saindo, e fica só o Garçom junto à porta da direita, com uma bandeja na mão. Ouve-se a "Ave-Maria" de Gounod. A luz diminui.*

KRAGLER *ao fim de algum tempo* — É como se tivessem passado uma esponja na minha cabeça: eu fiquei só com o suor do meu corpo, e não estou entendendo mais nada!

ANNA *apanha uma vela, põe-se de pé insegura e ilumina o rosto de Kragler* — Então você não foi comido pelos peixes?

KRAGLER — Não sei o que quer dizer.

ANNA — Você não foi pelos ares?

KRAGLER — Não estou entendendo.

ANNA — Você não levou um tiro na cara, também?

KRAGLER — Por que me olha assim? Tenho cara disso? *Silêncio. Olha para a janela.* Voltei para você feito um animal cansado. *Silêncio.* Minha pele está preta como a de um tubarão. *Silêncio.* Eu que tinha a pele branca como leite e vermelha como sangue. *Silêncio.* Agora eu sangro sem parar, o sangue simplesmente vai escorrendo de mim...

ANNA — Andrée!

KRAGLER — Sim.

ANNA *aproximando-se, hesitante* — Oh, Andrée, por que ficou tanto tempo sumido? Impediram você, com sabres e canhões? Eu agora não posso mais ser sua...

KRAGLER — E por acaso eu estava sumido?

ANNA — Nos primeiros tempos, você ainda estava sempre comigo, e era como se eu escutasse a sua voz. Quando passava pelo corredor, eu me sentia roçar em você; e no campo eu sentia você me chamando atrás das moitas. Embora já tivessem mandado dizer que você levou um tiro na cara e foi enterrado dois dias depois. Mas então tudo mudou. Quando passava pelo corredor, o que eu sentia era um grande vazio; e atrás das moitas, o que havia era o silêncio. Quando acabava de lavar a roupa, eu ainda tinha impressão de ver o seu rosto; mas quando ia estender a roupa no capim, já não via mais nada. E todo esse longo tempo, eu nem sabia mais como era o seu rosto. Mas eu devia ter esperado.

KRAGLER — Você deveria ter ficado com um retrato meu...

ANNA — Eu fiquei foi com medo. Mesmo com medo, eu devia ter esperado. Mas eu não presto: largue minha mão, em mim não há nada que preste!

KRAGLER *olhando para a janela* — Não sei aonde você quer chegar. Mas talvez seja porque a lua está vermelha. É preciso pensar, para ver se eu entendo. Sou homem de mãos grandes e chatas como pás: não tenho tato, e quebro as taças quando bebo. Nem posso mais conversar com você direito: a língua daqueles negros ficou na minha garganta!

ANNA — Sim.

KRAGLER — Me dê a mão: acha que sou um fantasma? Venha cá, me dê sua mão. Não quer vir?

ANNA — Você a quer?

KRAGLER — Quero. Agora não sou mais um fantasma. Está vendo meu rosto? Parece couro de crocodilo? Estou com a aparência péssima. Estive na água salgada. É só a lua vermelha.

ANNA — É...

KRAGLER — Pegue a minha mão, também; por que não aperta? Chegue o seu rosto mais perto. Há alguma coisa de mau nisso?

ANNA — Não, não!

KRAGLER *agarrando-a* — Anna! Eu sou um morto-vivo: isso é o que eu sou! A garganta cheia de terra! Quatro anos! Você me quer,

Anna? *Puxa Anna pela sala e dá de cara com o Garçom, a quem olha fixamente, com um riso parvo, o corpo inclinado para diante.*

GARÇOM *deixando cair a bandeja e gaguejando espantado* — o que importa mesmo é... se ela... o lírio dela... o lírio ela ainda não perdeu...

KRAGLER *com Anna pela mão, relinchando.* — o que foi mesmo que ele disse? Lírio? *O Garçom sai correndo.* Fique aí quieto, seu leitor de romances! Que ideia ele teve! O lírio! Aconteceu alguma coisa com ele? O lírio! Você escutou? E ele falou com tanto sentimento...

ANNA — Andrée!

KRAGLER *olha para ela, curvado para diante, e solta-a* — Diga outra vez: a voz que ouvi agora foi sua! *Corre para a direita.* Garçom! Venha cá, moço!

BABUSCH *à porta* — Que risada carnal é essa sua! Que riso cor de carne! Como se sente?

DONA AMALIE *atrás de Babusch* — Anna, minha filha: você nos deixa tão preocupados!

Já de algum tempo se ouve, perto, "A Peruana".

BALICKE *menos embriagado, entra correndo* — Sentem-se todos! *Fecha as cortinas, ouve-se um tinir de ferros.* Eles têm ao seu lado uma lua vermelha e atrás de si as carabinas do bairro dos jornais. Temos de contar com eles! *Reacende todas as velas.* Sentem-se todos!

DONA AMALIE — Mas que cara é essa? Minhas pernas estão tremendo de novo. Garçom! Garçom!

BALICKE — Onde está Murk?

BABUSCH — Friedrich Murk está dançando um bóston.

BALICKE *baixinho* — Façam-no sentar! Sentado, ele estava quase nas nossas mãos. Quando a gente está sentado, não tem pathos. *Alto:* Sentem-se todos! Amalie, fique quieta! *A Kragler:* Sente-se o senhor também, pelo amor de Deus!

DONA AMALIE *retira da bandeja do Garçom uma garrafa de ginja* — Preciso de um pouco de ginja, senão eu morro! *Vai para a mesa com a garrafa.*

Já estão sentados: dona Amalie, Balicke, Anna, Babusch deu volta à mesa para sentá-los nos lugares, e agora então está forçando Kragler, que ficou de pé e sem graça, a sentar numa cadeira.

BABUSCH — Sente-se aí, que as suas pernas já não estão muito firmes! Quer um pouco de ginja? Onde foi que aprendeu a rir assim?

Kragler torna a levantar-se, Babusch senta-o à força e ele fica sentado.

BALICKE — Andreas Kragler, o que é que você quer?

DONA AMALIE — Senhor Kragler, o nosso Kaiser disse: aprenda a sofrer sem gemer!

ANNA — Fique sentado!

BALICKE — Menina, cale esse bico! Deixe o rapaz falar! O que é que você quer?

BABUSCH *levantando-se* — Não quer um gole de ginja? Fale!

ANNA — Pense bem, Andrée: não diga nada sem pensar!

DONA AMALIE — Anna, você ainda acaba me matando! Cale essa boca! Você não entende nada de nada!

KRAGLER *tenta levantar-se, mas é contido por Babusch, e fala muito sério* — Vocês ficam assim, só perguntando, e responder não é fácil. Eu não quero beber ginja nenhuma! Do que eu disser vai depender muita coisa.

BALICKE — Deixe de conversa: diga logo o que quer! Depois vou pô-lo no olho da rua!

ANNA — Não! Isso não!

BABUSCH — Devia tomar um trago! O senhor está tão seco! Vai ver como depois fica melhor.

Nesse momento, pela esquerda, entra Murk valsando com uma prostituta chamada Marie.

Dona Amalie — Murk!

Babusch — Gênio também tem limites! Sente-se aí!

Balicke — Muito bem, Fritz! Mostre a essa gente o que é um homem de verdade! O Fritz não treme à toa. Fritz está se divertindo. *Bate palmas.*

Murk *com ar sombrio, de muito beber, deixa Marie parada e aproxima-se da mesa* — Ainda não caiu o pano dessa comédia ridícula?

Balicke *fazendo-o sentar-se numa cadeira* — Feche esse bico!

Babusch — Kragler, continue! Não se deixe atrapalhar!

Kragler — Ele tem orelhas tortas!

Anna — É porque já foi moço de recados.

Murk — Tem um ovo na cabeça!

Kragler — Ele tem que sair daqui!

Murk — E bateram-lhe na cabeça.

Kragler — Preciso pensar muito no que digo.

Murk — Então, ele tem na cabeça um ovo batido!

Kragler — Sim, bateram na minha cabeça. Passei quatro anos longe daqui. Não podia escrever carta. Não tinha ovo no cérebro. *Silêncio.* Passaram quatro anos, preciso pensar bem. Anna, você nem me reconheceu, ainda está hesitando e ainda não sentiu. Mas estou falando demais.

Dona Amalie — Você está é de miolo mole. *Abana a cabeça.*

Balicke — O senhor quer dizer que se deu mal? Lutou pelo Kaiser e pelo Reich? Eu tenho muita pena do senhor. Está precisando de alguma coisa?

Dona Amalie — O Kaiser bem que falou: é preciso ser forte na desgraça! Tome um golezinho disto! *Estende a Kragler a garrafa de ginja.*

Balicke *bebendo, insistente* — Esteve sob o fogo dos obuses? E firme como o aço? Que bravura! Nossas tropas fizeram maravilhas;

iam marchando para a morte heroica, com sorrisos nos lábios. Beba também! O que é que o senhor quer? *Oferece-lhe a caixa de charutos.*

ANNA — Andrée, você nunca vestiu outro uniforme? Sempre com esse mesmo azul de antes? Esse daí já não se usa mais!

DONA AMALIE — Há tantas mulheres por aí! Garçom, mais uma ginja! *Passa a garrafa a Kragler.*

BALICKE — Nós também não ficamos só na boa vida, aqui, não! Afinal, o que é que você quer? Você não tem nem um vintém furado? Está dormindo ao relento? A pátria lhe enfiou nas mãos um realejo. Nada disso: essas coisas não acontecem mais! O que é que o senhor deseja?

DONA AMALIE — Não tenha medo: não vai ficar tocando realejo por aí!

ANNA — "Qual cisne branco que em noite de lua..." Ai!

KRAGLER *de pé* — Sentindo que aqui não tenho direito, Anna, peço, de todo o coração, que venha ficar ao meu lado.

BALICKE — Que conversa mole é essa? O que é que ele está dizendo? "De todo o coração!" "Ficar ao meu lado!" Que jeito de falar!

Os outros riem.

KRAGLER — Porque ninguém tem direito... Porque não posso viver sem você... De todo o coração.

Estouro de gargalhadas.

MURK *pondo os pés em cima da mesa e falando com frieza, maldoso e bêbado* — Completamente afogado. Pescado de volta. Com a boca cheia de lama. Olhe as minhas polainas: olhe bem! Também já me calcei como você! Vá comprar umas iguais às minhas, e depois apareça! Será que não se enxerga?

MARIE *de repente* — Você esteve no exército?

GARÇOM — Você esteve no exército?

MURK — Calem a boca, aí! *A Kragler:* Você foi esmagado pela máquina? Muitos foram esmagados pela máquina. Bem, mas quem pôs a máquina em funcionamento não fomos nós! E agora você não tem mais cara? Quer uma de presente? Quer que nós lhe forneçamos enxoval completo? Foi por nossa causa que ficou nesse estado? Ainda não sabe quem você é?

BABUSCH — Vamos com calma!

GARÇOM *adiantando-se* — Você esteve no exército?

MURK — Eu, não: eu pertenço à classe dos que devem financiar os seus feitos heroicos. A máquina foi à breca!

BABUSCH — Pare com essa história: é repugnante! No fim das contas, você ainda saiu lucrando, foi ou não foi? Pois então deixe as suas polainas de lado!

BALICKE — Vejam bem! É isto o que importa! Pois é aí que a porca torce o rabo! Não é fita! É política realista. E é o que nos falta na Alemanha. O caso é muito simples: você tem meios de sustentar uma mulher? Ou tem apenas peles entre os dedos?

DONA AMALIE — Anna, está ouvindo? Ele não tem nada!

MURK — Se ele tiver qualquer coisa, eu me caso com a mãe dele. *Levanta de repente.* Não passa de um caça-dotes vulgar.

GARÇOM *a Kragler* — Fale! Diga alguma coisa!

KRAGLER *de pé, trêmulo, dirige-se a Anna* — Eu nem sei mais o que dizer. Quando estávamos em pele e osso, e o mais que podíamos fazer era beber cachaça para poder continuar a calçar as estradas, muitas vezes o nosso único consolo era olhar para o céu da noite: e isso era muito importante, porque em abril eu ainda estava deitado no capim com você. Isso eu dizia aos meus companheiros, mas eles caíam que nem moscas.

ANNA — Como cavalos, não?

KRAGLER — É que fazia muito calor e a gente não parava de beber. Mas para que estou eu aqui falando no céu da noite? Não era bem o que eu queria dizer, eu já nem sei...

ANNA — Sempre pensou em mim?

DONA AMALIE — Veja como ele fala! Parece uma criança! Ouvindo-o, a gente sente vergonha por ele.

MURK — Será que não me vende as suas botas? Para o Museu do Exército! Eu dou quarenta marcos por elas.

BABUSCH — Continue, Kragler! Está indo muito bem.

KRAGLER — Nós já não tínhamos nem camisa. Podem me acreditar: o pior era isso! Você é capaz de compreender que isso era o pior?

ANNA — Andrée, tem gente escutando!

MURK — Sessenta marcos, pelas botas: quer vender?

KRAGLER — E agora, até você tem vergonha de mim? Só porque os outros estão encostados na parede, como no circo, quando o elefante faz pipi no chão de tanto medo? Eles não sabem de nada!

MURK — Oitenta marcos!

KRAGLER — Eu não sou nenhum pirata. Que me importa a lua vermelha! Só que não consigo abrir os olhos. Sou de carne e osso, e estou de camisa limpa. Não sou alma do outro mundo!

MURK *de um salto* — Então, cem marcos!

MARIE — Você devia estar envergonhado até o fundo da alma!

MURK — Mas esse porco não quer me vender as botas velhas dele, nem por cem marcos!

KRAGLER — Anna, alguma coisa está falando. Que voz é essa?

MURK — O que você tem é insolação! Ainda pode sair daqui sozinho?

KRAGLER — Anna, essa coisa me diz que ninguém tem o direito de pisar nela.

MURK — Agora pode-se ver a sua cara?

KRAGLER — Anna, essa coisa também é filha de Deus.

MURK — É você? Afinal, o que deseja? Você é um cadáver! Já está fedendo! *Tapa o nariz.* Será que não tem a mínima noção de limpeza? Quer que a gente o coloque num altar, só porque engoliu o sol da África? Eu também trabalhei; trabalhei até ficar com as botas cheias de sangue! Olhem bem as minhas mãos! Você está merecendo compaixão porque se deixou agarrar, mas não fui eu quem agarrou você! Você é um herói, eu, um trabalhador. E essa é a minha noiva!

BABUSCH — Mas também sentado, Murk, sentado também, você é um trabalhador! Kragler, a história universal seria outra se a humanidade ficasse mais tempo sentada sobre a bunda!

KRAGLER — Eu não consigo ler nada na cara dele. É como a parede de um mictório! Toda riscada de obscenidades! Ela não tem culpa! Anna, você gosta desse aí? Você gosta desse aí?

Anna dá risada e bebe.

BABUSCH — Isso é que é encaixar um golpe com o coração, Kragler!

KRAGLER — É como arrancar as verrugas dele a dentadas, de tanto nojo! Você gosta dele? Com aquela cara esverdeada de amêndoa que não amadureceu? É por causa dele que você me manda embora? Ele tem um terno inglês e o peito recheado de papel, e tem as botas cheias de sangue. Eu tenho só esse meu terno velho, roído de traças. Diga que não pode casar comigo por causa do meu terno, diga! Prefiro isso!

BABUSCH — Sente-se, então, com os diabos! Agora é que a coisa vai começar!

MARIE *bate palmas* — É ele mesmo: ele dançou comigo de um jeito que me deu vergonha batendo os joelhos na minha barriga.

MURK — Cala a boca! Isso é bem próprio de você! Será que você não tem uma faca escondida na bota para cortar minha garganta, já que o sol da África te fundiu os miolos? Puxe a faca! Eu já estou ficando cheio disso até o pescoço: pode cortar!

DONA AMALIE — Anna, como é que você pode ficar escutando essas coisas?

BALICKE — Garçom, traga-me quatro copos de ginja! Para mim, dá tudo na mesma.

MURK — Tome cuidado para não puxar a faca! Controle-se para não bancar o herói! Aqui, você vai para a cadeia!

MARIE — Você esteve no exército?

MURK *fora de si, atira um copo na direção dela* — Por que você não esteve aqui?

KRAGLER — Agora eu cheguei.

MURK — Quem foi que te chamou?

KRAGLER — Agora eu estou aqui!

MURK — Porco!

ANNA — É melhor ficar quieto.

Kragler abaixa-se.

MURK — Bandido!

KRAGLER *em voz baixa* — Ladrão!

MURK — Fantasma!

KRAGLER — Cuidado!

MURK — Cuidado você, sim, com sua faca! Está sentindo cócegas, não é? Fantasma! Fantasma! Fantasma!

MARIE — Seu porco! Seu porco!

KRAGLER — Anna! Anna! O que é que eu faço? Estou perdido num mar de cadáveres e não me afogo mais. Vou para o sul em sombrios vagões de gado, e não me acontece nada. Entro num forno aceso, mas o fogo é maior dentro de mim. Um ficou louco por causa do sol; eu não fiquei. Dois caem numa cisterna de água: e eu continuo dormindo. Mato negros a tiros. Como capim. Sou um fantasma.

Nesse momento o Garçom corre à janela e abre as cortinas. A música cessa bruscamente. Ouvem-se gritos: "Eles vêm aí! Calma!" O Garçom sopra as velas. Então se escuta de fora "A Internacional". Pela porta da esquerda entra um homem.

UM HOMEM *entra pela porta da esquerda* — Nós pedimos aos presentes que mantenham a calma. Procurem não sair deste lugar. Está havendo muita agitação. No bairro dos jornais tem gente brigando. A situação não se decide.

BALICKE *sentando-se pesadamente* — Espartaquistas! São seus amigos, senhor Andreas Kragler! São os seus maus companheiros, seus camaradas! Aos berros, lá no bairro dos jornais, semeando incêndio e morte. Uns animais! *Silêncio.* Animais! Animais! Animais! Não perguntam por que são animais? É porque comem carne. Precisam ser todos exterminados!

GARÇOM — Por vocês, que estão aí bem gordos!

MURK — Agora puxe a sua faca! Onde está ela?

MARIE *avançando para ele, com o Garçom* — Quer calar essa boca?

GARÇOM — Não é gente: uma besta, é o que ele é!

MURK — Fechem as cortinas! Fantasmas!

GARÇOM — Nós é que vamos para o paredão, nós que fizemos essa parede, com nossas próprias mãos, para vocês encherem a pança de ginja?

KRAGLER — Aqui está minha mão e aqui estão minhas veias: podem cortar! Quando eu morrer, vocês vão ver meu sangue.

MURK — Fantasma! Fantasma! Quem é você afinal? Então eu devo ceder, porque você tem pele de africano e anda aos berros no bairro dos jornais? Que culpa eu tenho de você ir parar na África? Que culpa tenho de não ter ido eu também?

GARÇOM — Ele tem de recuperar a dona dele: isso é desumano!

DONA AMALIE *fora de si, diante de Anna* — São todos uns doentes, cheios de mazelas: sífilis, sífilis! Todos têm sífilis!

BABUSCH *batendo com a bengala na mesa* — Era só o que faltava!

DONA AMALIE — O senhor quer deixar a minha filha em paz? Quer deixá-la em paz? Sua hiena! Seu porco!

Anna — Andrée, eu não quero! Vocês acabam comigo!

Marie — Porca é você!

Garçom — Isso não é humano: é preciso haver justiça!

Dona Amalie — Cale a boca aí, seu lacaio! Canalha! Eu quero ginja, não me ouviu? Você será enxotado!

Garçom — É uma questão humana! Interessa a todos nós: se a garota é dele…

Kragler — Dê o fora! Para mim, já chega! Que questão humana! O que é que essa vaca bêbada está querendo? Estive sozinho e agora quero a minha garota! E esse arcanjo aí choramingando, está querendo o quê? Pôr em leilão o ventre da filha, como se fosse um quilo de café? Se quiserem tirar Anna de mim, com seus ganchos de ferro, vão fazê-la em pedaços!

Garçom — É o que estão fazendo!

Marie — Como se fosse um quilo de café!

Balicke — E de dinheiro, nem um vintém!

Babusch — Vocês estão quebrando os dentes dele, e ele cuspindo os dentes na cara de vocês!

Murk *a Anna* — Por que essa cara de leite vomitado, deixando esse sujeito lamber você com os olhos? Você está com cara de quem mijou em urtigas?!

Balicke — É assim que fala da sua noiva!

Murk — Noiva! É mesmo? Ela é minha noiva? Já não está dando o fora? Ele voltou? Você gosta dele? A amêndoa verde desceu? Está com tesão por coxas africanas? É por aí?

Babusch — Se tivesse sentado em seu lugar, você não diria uma coisa dessas!

Anna *cada vez mais atraída por Kragler, olha para Murk com um ar de aborrecimento. Em voz baixa* — Você está bêbado!

Murk *puxando-a para si* — Tire a máscara! Mostre os dentes! Puta!

Kragler *segura Murk e suspende-o do chão. Os copos tilintam na mesa. Marie não para de bater palmas.* Você já está que não se aguenta em pé, dê o fora daqui, vá vomitar lá fora! Bebeu demais, está caindo à toa. *Empurra-o.*

MARIE — Dê nele, vá! Dê nele!

KRAGLER — Deixem-no aí! Anna, venha comigo! Agora eu quero você! Ele queria me comprar as botas, mas o que eu vou tirar é o paletó. A chuva fria atravessou a minha pele, ela ficou vermelha e ao sol se rasga toda. Não tenho nem um tostão na carteira, mas eu quero você. Bonito eu nunca fui, e estava até com o rabo gelado de pavor. Mas vou beber, agora! *Bebe.* Depois a gente vai embora. Venha!

MURK *inteiramente arrasado, de ombros arriados, fala olhando para Kragler, com uma voz quase tranquila* — Não beba não! Nem tudo você sabe! Pode deixar! Eu bebi muito, sim, mas nem tudo você sabe! Anna! *Completamente sóbrio:* Diga a ele o que você pretende fazer, no estado em que está!

KRAGLER *não lhe dando ouvidos* — Não tenha receio. Anna! *Com o copo de ginja na mão.* Não vai acontecer nada, não é preciso ter medo! Nós dois vamos nos casar: no fim, eu sempre saio ganhando.

GARÇOM — Bravo!

DONA AMALIE — Patife!

KRAGLER — Gente muito direita, os pássaros lhe cagam na cabeça; gente muito paciente, os urubus transformam em carniça! Tudo é uma loucura!

ANNA *vem de repente a correr e cai sobre a mesa* — Andrée, socorro! Me ajude, Andrée!

MARIE — Que foi? Que é que você tem?

KRAGLER *olhando-a assustado* — Que foi?

ANNA — Andrée, não sei, eu sou tão infeliz! Andrée! Não posso lhe dizer nada, e não me faça perguntas! *Olha em redor.* Eu não posso ser sua, e Deus sabe por quê. *Kragler deixa cair o copo.* E eu só peço a você, Andrée, que vá embora!

Na sala vizinha ouve-se a voz do homem que trouxe as notícias sobre as lutas perguntando "O que é que está havendo?", e o Garçom, virado para a porta da esquerda, responde, falando para fora.

Garçom — É o namorado da pele de crocodilo que veio da África, depois de esperar quatro anos pela noiva, que ainda está com o lírio nas mãos. Mas o outro namorado, um homem de polainas, não quer deixar a moça, e ela, ainda com o lírio nas mãos, não sabe para que lado ir.

Voz — É só isso?

Garçom — E a revolta no bairro dos jornais também tem muita importância. E, além do mais, a noiva tem um segredo, uma coisa que o namorado da África que esperou quatro anos não sabe. As coisas ainda estão meio indecisas.

Voz — Ainda não houve decisão nenhuma?

Garçom — Não: tudo está muito indeciso, ainda.

Balicke — Garçom! Que gentinha é essa? Nem aqui se consegue saborear um vinho, sem esses percevejos rodeando? *A Kragler.* E agora, você viu? Está contente? Cale esse bico! O sol estava quente, hein? A África é assim mesmo: está nos livros de geografia. E você foi um herói? Então estará nos livros de história. Mas no livro de contabilidade não consta nada. E por isso o herói vai de volta para a África. Ponto! Garçom, ponha este sujeito lá fora!

O Garçom vai aos empurrões levando Kragler, que caminha pesadamente, Marie segue-o do lado esquerdo.

Balicke — Que macaquice! *Grita atrás de Kragler, para quebrar o silêncio:* Não era carne o que você queria? Mas isto aqui não é açougue, não! Pode embrulhar sua lua vermelha e ir cantar lá para os seus chimpanzés! Além do mais, você é só uma figura de romance: cadê a sua certidão de nascimento?

Kragler já saiu.

Dona Amalie — Desafogue suas mágoas! Mas, afinal, o que é que há com você? Está querendo beber até cair debaixo da mesa?

Balicke — Que diabo de cara é essa, a dela? Branca que nem um papel!

Dona Amalie — Pobre criança: olhe bem para ela! Que é que está pensando, assim já é demais!

Anna está sentada atrás da mesa, quieta, junto às cortinas, zangada, com um copo diante dela.

Murk *aproxima-se dela e cheira o copo* — Pimenta, que nojo, diabos! *Arranca-lhe o copo com desdém.* Ora veja! Que diabo você está querendo com essa pimenta? Não quer também tomar um banho de assento fervendo? Você está precisando levar uns tapas! Que nojo! *Cospe e joga o copo no chão.*

Anna dá risada.
Ouvem-se tiros de metralhadora.

Babusch *à janela* — Está começando, as massas estão se revoltando, os espartaquistas tomam a frente. O morticínio continua!

Estão todos de pé, imóveis, de ouvido atento.

TERCEIRO ATO
(CAVALGADA DE VALQUÍRIAS)

Numa rua para o bairro dos jornais.

Muro de tijolos vermelhos de um quartel, da esquerda alta para a direita baixa. Por trás dele a cidade, sob a luz decomposta das estrelas. Noite. Vento.

MARIE — Vai correndo para onde?

KRAGLER *sem gorro, com a gola levantada, mãos nos bolsos das calças, entra assobiando* — Que tâmara vermelha é aquela ali?

MARIE — Não corra assim!

KRAGLER — Não consegue me acompanhar?

MARIE — Acha que alguém está te perseguindo?

KRAGLER — Então não quer ganhar um dinheirinho? Onde é que fica o seu quarto?

MARIE — Assim não é bom...

KRAGLER — É, sim. *Pretende continuar.*

MARIE — Estou doente do pulmão.

KRAGLER — Precisa vir atrás de mim como um cachorro?

MARIE — Mas a sua...

KRAGLER — Psiu! Isso tudo vai ser apagado! Lavado! Riscado!

MARIE — E o que é que você vai fazer até amanhã de manhã?

KRAGLER — Sempre existe uma faca...

MARIE — Jesus, Maria...

KRAGLER — Fique tranquila! Não suporto você gritando assim. Também existe cachaça. O que é que você quer? Eu também posso tentar rir, se isso lhe dá alegria. Me diga: comeram você na escada antes da sua confirmação? Esqueça! Você fuma? *Dá risada.* Vamos em frente!

MARIE — Tem tiroteio lá no bairro dos jornais.

KRAGLER — Talvez estejam precisando de nós lá. *Saem os dois.*

Vento.

Dois homens na mesma direção.

HOMEM 1 — Acho melhor fazer aqui mesmo.

HOMEM 2 — Ninguém sabe se lá embaixo a gente ainda pode...

Urinam os dois.

HOMEM 1 — Tiros de canhão!

HOMEM 2 — Diabo! É na Friedrichstrasse!

HOMEM 1 — Lá onde vocês faziam álcool falsificado!

HOMEM 2 — Só essa lua já deixa a pessoa doida!

HOMEM 1 — Quem faz negócio com fumo estragado...

HOMEM 2 — É, eu negociava fumo estragado, mas quem botava gente em tocas de rato era você!

HOMEM 1 — De que lhe adianta isso agora?

HOMEM 2 — Pelo menos, sozinho não me enforcam.

HOMEM 1 — Sabe como é que os bolchevistas fazem? Mostre a mão! Nenhum calo? Pif, paf! *O Homem 2 olha as mãos.* Pif, paf! Você está fedendo!

HOMEM 2 — Ah, meu Deus!

HOMEM 1 — Muito engraçado você agora voltar para casa com esse chapéu-coco na cabeça!

HOMEM 2 — Você também está de chapéu-coco!

HOMEM 1 — Amarrotado, meu caro.

HOMEM 2 — EU posso amarrotar o meu também.

HOMEM 1 — Seu colarinho engomado é pior que uma corda ensaboada.

HOMEM 2 — Meu colarinho eu posso sujar de suor, mas você está calçado de polainas!

HOMEM 1 — E essa sua barriga?

HOMEM 2 — E essa sua voz?

HOMEM 1 — E o seu olhar? E o seu andar? E a sua aparência?

HOMEM 2 — É, tudo isso vai me pendurar no poste, mas você tem cara de quem cursou o segundo grau.

HOMEM 1 — Eu tenho uma orelha torta com um buraco de bala, meu caro!

HOMEM 2 — Diabo! *Saem ambos os homens.*

Vento.

Pela esquerda entra então toda a Cavalgada de Valquírias; Anna, como quem foge. Perto dela, de casaca mas sem chapéu, Manke, o Garçom do

Bar Picadilly, andando como um bêbado. Atrás vem Babusch, arrastando Murk inteiramente embriagado, inchado e pálido.

MANKE — Não se preocupe: ele está longe! O vento levou! O bairro dos jornais já engoliu ele! Lá tem de tudo, é tiro por todo lado, e ainda mais numa noite assim: é bem possível que ele seja fuzilado! *Insistindo com Anna à maneira dos bêbados:* A gente pode escapar, quando eles atiram, mas também pode não escapar. Em todo caso, aconteça o que acontecer, no fim de uma hora ninguém mais vai poder encontrá-lo: ele há de ter desaparecido que nem papel dentro da água. A lua subiu à cabeça dele. Ele corre atrás de qualquer tambor. Vá até lá! Salve aquele que foi, não, o que é, seu bem amado!

BABUSCH *joga-se na direção de Anna* — Parem com essa Cavalgada de Valquírias! Aonde querem ir? Está fazendo frio, está ventando muito, e ele deve estar metido nalgum boteco. *Arremedando o Garçom:* Ele que esperou quatro anos, mas agora ninguém mais consegue encontrar.

MURK — Ninguém, pessoa alguma! *Senta-se numa pedra.*

BABUSCH — E olhe só isso aí!

MANKE — Para mim, tanto faz! Deem-lhe um casaco! Mas não percam o seu tempo: ele esperou quatro anos, agora está correndo mais que as nuvens! Sumiu mais depressa do que o vento!

MURK *apático* — Havia tinta no ponche! E agora que está tudo pronto: a roupa feita, o apartamento alugado... Venha comigo, Bab!

MANKE — E você, por que está plantada aí como a mulher de Lot? Não estamos em Gomorra! Ficou impressionada com esse pobre bêbado? Ainda tem outra saída? É por causa da roupa? E as nuvens deixam de correr, por isso?

BABUSCH — Ora, me diga, o que é que você tem com isso? O que é que as nuvens têm com você? É um garçom, nada mais!

MANKE — O que é que eu tenho com isso? Até as estrelas saem da linha, quando uma pessoa assiste friamente a uma injustiça! *Leva as duas mãos ao pescoço.* Eu também sou enxotado daqui. Também agarraram o meu pescoço. Ninguém tem o direito de ser mesquinho, quando um homem se vê perdido!

BABUSCH — Perdido? Que é que você está dizendo? Onde está escrito isso? Uma coisa eu lhe digo: vai-se ouvir um barulho muito grande, um verdadeiro estouro da boiada, no bairro dos jornais, ainda antes de raiar o dia! E vai ser o clamor dessa plebe imaginando ter chegado o momento de ajustar velhas contas!

MURK *de pé choramingando* — Anna, por que você me faz andar assim, com esse vento, para cá e para lá? Isso me embrulha o estômago. Por que você corre assim? O que é que está acontecendo? Eu preciso de você! E não é por causa da roupa.

ANNA — Não posso.

MURK — Estou que não me aguento mais nas pernas.

MANKE — Sente-se aí! Você não é o único; isso é contagioso. O pai tem um ataque, e a cangurua de pileque chora... Mas a filha baixa aos quartéis, atrás do seu amado, que passou esperando quatro anos.

ANNA — Não posso.

MURK — Você já tem o enxoval completo, e a mobília já está no apartamento.

MANKE — A roupa está toda pronta e a noiva não comparece.

ANNA — Meu enxoval já está todo comprado e guardado no armário, peça por peça, mas eu não sinto necessidade dele. O apartamento já está alugado, e as cortinas, colocadas, e tem papel de parede. Mas apareceu aquele que não tem sapatos, vestindo um paletó roído pelas traças...

MANKE — E está sendo engolido pelo bairro dos jornais. O botequim está esperando por ele. E a noite! E a miséria! E o lixo! Salve-o!

Babusch — Tudo isso é a peça de teatro: "O Anjo nos Botequins do Cais."

Manke — Anjo, sim.

Murk — E você quer ir lá? Até à Friedrichstrasse? E nada vai te impedir?

Anna — Nada que eu saiba.

Murk — Nada? Não quer mesmo pensar nessa outra coisa?

Anna — Não, não quero mais.

Murk — Você não quer mais essa outra coisa?

Anna — Essa é a corda.

Murk — Não prende mais?

Anna — Agora está solta.

Murk — E com seu filho, você não se importa?

Anna — Para mim, tanto faz.

Murk — Só porque apareceu esse que não tem capote?

Anna — Eu não o reconheci.

Murk — Ele já não é mais o que era antes! Você não o reconheceu!

Anna — Ele ficou lá em pé, que nem um bicho dentro da jaula. E vocês bateram nele como se bate num bicho!

Murk — E aí ele chorou feito uma velha!

Anna — Chorou feito uma velha.

Murk — E ele sumiu e abandonou você.

Anna — Foi embora e me abandonou.

Murk — Ele está liquidado.

Anna — Sim, liquidado está.

Murk — Foi-se embora...

Anna — Mas quando ele foi-se embora, e estava liquidado...

Murk — Não houve nada, absolutamente nada.

Anna — Ficou um rodamoinho atrás dele, um pequenino sopro, e era muito forte, mais forte que todo o resto. Agora vou embora, e agora estou aqui, e agora estamos liquidados, nós dois, ele e eu.

Pois, aonde ele foi? Será que Deus sabe onde ele está? Este mundo é tão grande: e ele, onde estará? *Olha calmamente para Manke e fala mansamente:* Volte para o seu bar, e muito obrigada por tudo! Leve o Murk, também! Mas você, Babusch, venha comigo! *Sai correndo pela direita.*

MURK *aos berros* — Aonde é que ela vai?

BABUSCH — Agora a Cavalgada de Valquírias está entrando no lago, rapaz.

MANKE — O bem-amado desapareceu, mas a bem-amada voa para ele nas asas do amor. O herói conheceu a queda, mas já está pronto para a ascensão aos Céus.

BABUSCH — Mas o bem-amado vai lançar a bem-amada na sarjeta e baixar aos Infernos... Ah, você e a sua escola romântica!

MANKE — Já ela desaparece, correndo para o bairro dos jornais. Ainda se vê, como uma vela branca, uma ideia, uma última estrofe, um cisne embriagado voando sobre as águas...

BABUSCH — E com essa esponja de álcool aí, o que é que vai acontecer?

MURK — Eu fico aqui. Está fazendo muito frio. Quando o frio aumentar mais, eles voltam. Vocês não entendem nada, porque não sabem da outra coisa. Deixem-na correr! Ele não vai querer duas: uma ele deixou, e duas correm atrás dele. *Ri.*

BABUSCH — Lá vai ela, meu Deus, se desmanchando como a última estrofe de um poema! *Encaminha-se com dificuldade na mesma direção.*

MANKE *gritando para ele* — Bar de Glubb, na Chausseestrasse! A prostituta que foi com ele faz ponto no bar de Glubb! *Abre enfaticamente os dois braços.* Engolidos pela revolução, será que os dois acabam se encontrando?

QUARTO ATO
(UMA AURORA DESPONTA)

Num pequeno botequim.

Glubb, o botequineiro, vestido de branco, canta a "Balada do Soldado Morto", acompanhando-se ao violão; Laar e um homem moreno bêbado olham fixamente para os dedos dele. Bulltrotter, um homem baixo e anguloso, está lendo o jornal. O garçom Manke, irmão de Manke do Bar Picadilly, bebe com a prostituta chamada Auguste. Todos fumam.

BULLTROTTER — Eu quero cachaça, não quero nada com soldado morto. E vou ler o jornal, mas para isso eu estou precisando de cachaça, pois do contrário eu não entendo nada, com os diabos!

GLUBB *com voz gélida* — Não estão bem instalados?

BULLTROTTER — Estamos, mas agora vem a revolução...

GLUBB — Para quê? Aqui na minha casa o rebotalho da sociedade fica à vontade, e Lázaro canta!

O HOMEM BÊBADO — O rebotalho sou eu e você é Lázaro.

Um operário entra e dirige-se ao balcão.

OPERÁRIO — Bom dia, Karl!

GLUBB — Está com pressa?

OPERÁRIO — Onze horas, praça da Prefeitura.

GLUBB — Correm muitos boatos.

OPERÁRIO — A divisão da Guarda está ocupando a estação de Anhalter, desde as seis horas. Na redação do "Vanguarda", até agora, tudo em ordem. Hoje é que a gente precisava do seu Paule, Karl!

Silêncio.

MANKE — Aqui não é costume falar em Paule.

OPERÁRIO *pagando* — Também não é costume ter-se um dia como o de hoje. *Sai.*

MANKE *a Glubb* — Em novembro, era um dia como de costume? Eles precisam é de um porrete nas mãos, e nos dedos uma sensação grudenta!

GLUBB *frio* — O que é que o senhor deseja?

BULLTROTTER — Liberdade! *Tira o paletó e o colarinho.*

GLUBB — De ordem da polícia, é proibido beber em mangas de camisa.

BULLTROTTER — Reacionário!

MANKE — Estão ensaiando a Internacional a quatro vozes, com trêmulo! Liberdade! Quer dizer, um homem com punhos da camisa brancos vai ter de lavar latrina?

GLUBB — Você está quebrando um mármore que é de madeira.

AUGUSTE — Mas então, esses de punhos brancos não vão lavar as latrinas?

GLUBB — Você, rapaz, para o paredão!

AUGUSTE — Nesse caso, quem tem os punhos da camisa brancos deve botar uma rolha no rabo.

MANKE — Auguste, não seja grosseira!

AUGUSTE — Tenham vergonha, seus porcos! Deviam arrancar-lhes as tripas e enforcá-los com elas nos postes, com esses seus punhos brancos. Senhorita, faça um abatimento, nós perdemos a guerra! Esqueça o amor se não tem grana e não faça guerra se não for capaz! Baixe os pés quando há damas presentes. Quer que fique cheirando o seu chulé, seu vagabundo?

GLUBB — Os punhos da camisa dele nem são brancos.

O HOMEM BÊBADO — Que barulhada é essa, rolando por aí?

MANKE — São os canhões!

O HOMEM BÊBADO *pálido, olhando os outros* — Que barulho de ferros será esse?

Glubb corre à janela, abre-a de par em par: ouvem-se os canhões que passam pela rua. Chegam todos à janela.

BULLTROTTER — É a milícia dos Besouros!

AUGUSTE — Virgem Nossa Senhora! Para onde eles vão?

GLUBB — Para os jornais, minha gente: são os leitores! *Fecha a janela.*

AUGUSTE — Nossa Mãe! Quem é esse aí na porta?

À porta aparece Kragler, titubeando como se estivesse bêbado, balançando-se num pé e no outro.

MANKE — Está querendo pôr um ovo aí na porta?

AUGUSTE — Quem é você?

KRAGLER *rindo com malícia* — Ninguém!

AUGUSTE — Está com o pescoço pingando de suor... Veio correndo?

O HOMEM BÊBADO — Está com cagaço?

KRAGLER — Cagaço, não!

MANKE *encaminhando-se para Kragler* — Fez alguma das suas por aí, meu filho? Essas caras eu conheço!

MARIE *aparecendo por trás de Kragler* — Ele não fez nada demais. Quem o convidou fui eu, Auguste: ele não tinha para onde ir. Esteve na África. Sente-se aí!

Kragler continua em pé, à porta.

MANKE — Prisioneiro de guerra?

MARIE — É, e desaparecido.

AUGUSTE — Desaparecido também?

MARIE — Além de prisioneiro. E nesse meio-tempo roubaram a noiva dele.

AUGUSTE — Então venha aqui com a mamãe! Sente-se aqui, artilheiro! *A Glubb*: Cinco doses duplas, Karl!

Glubb enche cinco copos e Manke os coloca sobre uma mesinha.

GLUBB — De mim roubaram uma bicicleta, na semana passada.

Kragler dirige-se para a mesinha.

AUGUSTE — Conte alguma coisa da África!

Kragler não responde, e começa a beber.

BULLTROTTER — Pode pôr tudo para fora: o dono da casa é vermelho.

GLUBB — Eu sou o quê?

BULLTROTTER — Vermelho.

MANKE — Comporte-se, meu senhor! Ninguém aqui é vermelho, por favor!

BULLTROTTER — Está bem, esqueça!

AUGUSTE — E você foi fazer o que tão longe?

KRAGLER *a Marie* — Encher de bala a barriga dos negros, asfaltar as estradas... Que é isso? É o pulmão, de novo?

AUGUSTE — Quanto tempo?

KRAGLER *sempre a Marie* — Vinte e sete.

MARIE — Meses!

AUGUSTE — E antes disso?

KRAGLER — Antes? Fiquei jogado num buraco de lama.

BULLTROTTER — Fazendo o que lá?

KRAGLER — Apodrecendo.

GLUBB — É claro: vocês lá podiam folgar à vontade.

BULLTROTTER — E como é que as pessoas fazem lá, na África?

Kragler não responde.

AUGUSTE — Não seja vulgar!

BULLTROTTER — E quando o senhor voltou, ela não estava mais em casa, não foi? Naturalmente o senhor esperava que ela fosse toda manhã ao quartel, ver se o encontrava no meio da cachorrada...

KRAGLER *à Marie* — Posso quebrar a cara dele?

GLUBB — Não, por enquanto, não. Mas botar a pianola para tocar, você pode.

KRAGLER *levanta-se cambaleando e faz continência.* — Às suas ordens! *Põe a pianola para tocar.*

BULLTROTTER — Que sentimentalismo!

AUGUSTE — Ele é sentimental como um cadáver: é um sobrevivente de si mesmo.

GLUBB — Ora, ora: ele foi vítima de uma injustiçazinha. Vamos pôr uma pedra em cima disso!

BULLTROTTER — Ué, você não é vermelho? Glubb, não se falava por aí num certo sobrinho...?

GLUBB — Falavam, sim, mas não neste lugar.

BULLTROTTER — Aqui, não: foi na Siemens.

GLUBB — Por pouco tempo.

BULLTROTTER — Na Siemens, por pouco tempo. Ele era torneiro! Torneiro, sim, mas foi por pouco tempo: torneiro só até novembro, não foi?

O HOMEM BÊBADO *que até então só fazia rir, põe-se a cantar:*

Mataram meus companheiros
e eu escapei por um fio:
em novembro era vermelho,
mas já estamos em janeiro.

GLUBB — Senhor Manke, o cavalheiro aí não deseja incomodar ninguém. Tome conta dele!

KRAGLER *segura Auguste pela cintura e dança com ela aos pinotes:*

Um cachorro pela cozinha entrou,
dois ovos do cozinheiro roubou;
o cozinheiro um porrete pegou
e o cachorro partido em dois ficou.

O HOMEM BÊBADO *torcendo-se de rir* — Torneiro por pouco tempo...

GLUBB — Faça o favor, artilheiro, de não me quebrar os copos!

MARIE — Agora ele está bêbado, agora tudo ficou mais fácil para ele.

KRAGLER — Mais fácil? Console-se, irmão cachaceiro, diga: isso não existe.

AUGUSTE — Beba você também!

O HOMEM BÊBADO — Não estavam falando de um sobrinho?

KRAGLER — O que é um porco perante Deus, irmã prostituta? Nada de nada!

O HOMEM BÊBADO — Aqui, não!

KRAGLER — Por que não? Pode alguém impedir que existam militares ou que exista Deus? Você, patrão vermelho, pode impedir que existam torturadores que dão lições de tortura até ao próprio Satanás? Isso você não pode impedir, mas encher o copo de cachaça você pode. Pois então bebam e fechem aquela porta, para o vento não entrar, que está fazendo um frio de rachar! É bom fechar também as venezianas!

BULLTROTTER — O patrão disse que você foi vítima de uma pequena injustiça, vamos pôr uma pedra em cima, ele disse.

KRAGLER — Pedra em cima? Você falou em pequena injustiça, irmão patrão vermelho? Mas vejam só que palavra: injustiça! Há uma porção de palavras assim, que eles inventam e sopram no ar, depois dormem de novo e esperam pôr uma pedra em cima. E o irmão maior dá um tapa na boca do irmão menor, e o gordo rouba o leite gordo e nós sempre pondo uma pedra em cima.

O HOMEM BÊBADO — Em cima do sobrinho, de quem ninguém mais fala!

KRAGLER — Então vieram os outros cachorros
e para o morto uma cova cavaram,
e em cima dele uma pedra puseram

> onde se lia a seguinte inscrição:
> "Um cachorro pela cozinha entrou..."

E é por isso que, em nosso pequeno planeta, a gente tem de fazer o que pode, com todo o frio e toda a escuridão, porque o planeta já está muito velho para esperar um futuro melhor, e o céu, meus caros, já está reservado!

MARIE — Então, o que é que a gente vai fazer? Ele diz que quer ir para o bairro dos jornais, fica lá, mas o que é que tem no bairro dos jornais?

KRAGLER — Vai saindo um táxi para o Bar Picadilly!

AUGUSTE — E ela vai dentro?

KRAGLER — Ela vai dentro. Meu pulso está perfeitamente normal, vocês podem palpar! *Estende a mão esquerda e bebe com a direita.*

MARIE — O nome dele é Andrée.

KRAGLER — Andrée, Andrée: era esse o meu nome! *Continua a tatear o próprio pulso, como que ausente.*

LAAR — Na maior parte eram pinheiros, bem pequenos.

GLUBB — Até que enfim a pedra abriu a boca!

BULLTROTTER — E aí você vendeu, seu idiota?

LAAR — Eu?

BULLTROTTER — Ah, sim, o Banco! Interessante, Glubb, mas não neste lugar.

GLUBB — Ficaram ofendidos? Mas vocês podem se dominar. Então, deixem-se dominar! Fique quieto quando lhe atracarem a pele, artilheiro, ou ela se rasga no meio, e é a única que você tem. *Sempre às voltas com os copos.* Pois é, vocês ficaram um tanto ofendidos: massacraram você a tiros de canhão e a golpes de sabre, cuspiram e cagaram em cima de você. E daí?

BULLTROTTER *mostrando os copos* — Ainda não estão limpos?

O HOMEM BÊBADO — Lavai-me, Senhor, para que eu fique branco! Lavai-me até eu ficar branquinho como a neve! *Canta*:

Mataram meus companheiros.
mataram meus companheiros
e eu escapei por um fio;
em novembro era vermelho,
em novembro era vermelho
mas já estamos em janeiro.

GLUBB — Chega!

AUGUSTE — Seus frouxos!

UMA VENDEDORA DE JORNAIS *entrando* — Espartaquistas no bairro dos jornais! Rosa, a vermelha, faz discurso ao ar livre no Jardim Zoológico! Até onde irá a agitação do populacho? Onde estão os militares? Dez vinténs, artilheiro? Onde estão os militares, dez vinténs. *Como ninguém compra, ela vai embora.*

AUGUSTE — Do Paul, mesmo, nenhuma notícia!

KRAGLER — Tiros, de novo?

GLUBB *fecha o armário à chave e lava as mãos* — A casa vai fechar!

MANKE — Depressa, Auguste! Não é por sua causa que ele está dizendo isso; mas vamos embora daqui, depressa! *A Bulltrotter* — E o senhor, como é? Dois marcos e sessenta!

BULLTROTTER — Eu tomei parte na batalha de Skagerrak, também não foi nenhuma noite de núpcias, não.

Todos preparam-se para sair.

O HOMEM BÊBADO *com o braço em volta de Marie* —

Uma rameira tão bondosa
nadou com ele na torrente lagrimosa.

KRAGLER — Então ao bairro dos jornais!

Um cachorro pela cozinha entrou,
dois ovos do cozinheiro roubou;
o cozinheiro um porrete pegou
e o cachorro partido em dois ficou.

Laar dirige-se cambaleante para a pianola, apanha um tambor e sai rufando-o atrás dos outros.

QUINTO ATO
(A CAMA)

Junto a um pontilhão de madeira.

Gritos. Uma grande lua vermelha.

BABUSCH — Você devia ir para casa.

ANNA — Não é mais possível. Voltar para quê? Eu passei quatro anos esperando com a fotografia dele, e fiquei noiva de outro. Eu morria de medo, toda noite.

BABUSCH — Meus charutos acabaram. Você não quer mesmo voltar para casa?

ANNA — Ouça!

BABUSCH — Eles rasgam jornais dentro das poças d'água, berram na frente das metralhadoras, dão tiros nos ouvidos, e pensam que estão construindo um mundo novo... Lá vem mais um bando deles!

ANNA — Lá está ele!

Com o grupo que se aproxima, uma enorme barulhada enche as ruas. Ouvem-se tiroteios de várias direções.

ANNA — Agora eu vou contar tudo a ele!

BABUSCH — E eu vou fazer você fechar a boca!

ANNA — Eu não sou bicho: agora vou gritar!

BABUSCH — E os meus charutos acabaram todos!

Dentre as casas surgem Glubb, Laar, o homem bêbado, as duas mulheres, o garçom Manke do botequim e Andreas Kragler.

KRAGLER — Estou rouco! A África está me subindo pela garganta! Vou me enforcar!

GLUBB — Não pode deixar para se enforcar amanhã e ir agora conosco ao bairro dos jornais?

KRAGLER *olhando fixamente para Anna* — Posso.

AUGUSTE — Está vendo assombração?

MANKE — Homem, está de cabelo em pé!

GLUBB — É ela?

KRAGLER — É! Que é que há? Vai ficar parado aí? Deviam ir para o paredão, todos! Em frente, vamos: sempre em frente!

ANNA *avançando ao encontro dele* — Andrée!

O HOMEM BÊBADO — Levante a perna, que o amor está acenando!

ANNA — Andrée, pare aí! Sou eu! Tenho uma coisa para lhe contar! *Silêncio.* Eu só queria que você notasse uma coisa, espere um pouquinho: eu não estou bêbada, não! *Silêncio.* Onde está seu boné? Está fazendo frio! Quero dizer uma coisa no seu ouvido!

KRAGLER — Você está bêbada?

AUGUSTE — Agora a noiva é que vai atrás dele, mas está de pileque!

ANNA — O que foi que você disse aí? *Dá alguns passos.* Eu vou ter um filho!

Auguste dá uma risada estridente.

Kragler vacila, olha de través para o pontilhão e dá uns passos curtos, como se estivesse aprendendo a andar.

AUGUSTE — Você é peixe, para ficar respirando mal assim?

MANKE — Acha que está dormindo?

KRAGLER *com as mãos no cós da calça* — Às suas ordens!

MANKE — Ela vai ter um filho. Ter filhos é com ela. Agora venha!

KRAGLER *rígido* — Às suas ordens! Aonde?

MANKE — Ficou maluco.

GLUBB — Você não esteve na África uma vez?

KRAGLER — Marrocos, Casablanca, barraca número dez.

ANNA — Andrée!

KRAGLER *escutando* — Escutem só minha noiva: a puta! Ela chegou, está aqui, está de barriga!

GLUBB — Um pouco anêmica, não é verdade?

KRAGLER — Psiu! Não fui eu, eu não fui.

ANNA — Andrée, tem gente aí!

KRAGLER — Sua barriga inchou de vento ou você virou puta? E eu lá longe, não podia tomar conta de você. Eu estava atolado na bosta. E você, onde é que se atolava, enquanto eu me atolava na bosta?

MARIE — Não devia ficar falando assim... O que é que você sabe?

KRAGLER — E eu só pensando em ver você. Não fosse por isso, eu teria ficado lá, onde era o meu lugar, com a boca cheia de poeira e o vento a me rodar na cabeça: assim eu ficaria sem saber de nada. Mas só queria ver isso. Por isso dava tudo! Até capim eu comi, e era bem amargo! Daquele buraco de lama, eu consegui sair engatinhando! Parece piada: eu, o porco! *Arregala os olhos.* E vocês ficam todos aí sentados? É de graça o espetáculo, não é? *Apanha no chão uns torrões de terra e joga-os ao redor de si.*

AUGUSTE — Segurem esse homem!

ANNA — Jogue mesmo, Andrée! Jogue! Aqui para este lado!

MARIE — Levem essa mulher daqui! Ele vai acabar com ela!

KRAGLER — Vão para o inferno! Lá vão ter o que querem. Abram a boca! Outra coisa não tem.

AUGUSTE — Dobrem a cabeça dele! Enfiem a cabeça dele na lama!

Os homens fazem Kragler abaixar a cabeça até o chão.

AUGUSTE — E agora você, senhorita, faça o favor de cair fora daqui!

GLUBB *à Anna* — É: é melhor mesmo ir para casa! O ar da manhã não faz bem aos ovários.

BABUSCH *avança em direção a Kragler, cruzando obliquamente o lugar da luta, e fala, mascando o charuto apagado.* — Agora você já sabe onde é que dói a ferida. E já trovejou como o próprio Deus. A mulher, por seu lado, está esperando criança: não pode ficar sentada na pedra que as noites estão esfriando, e você talvez queira dizer alguma coisa...

GLUBB — Pois é, talvez queira dizer alguma coisa. *Os homens põem Kragler em pé.*

Reina a calma, sopra o vento, passam dois transeuntes muito apressados.

TRANSEUNTE I — Ocuparam a Editora Ullstein.

TRANSEUNTE 2 — E a artilharia está em frente à Casa Mosse.

TRANSEUNTE I — Nós somos muito poucos.

TRANSEUNTE 2 — Ainda há muitos a caminho.

TRANSEUNTE I — Tarde demais.

Os dois transeuntes desaparecem.

AUGUSTE — Vocês ouviram? Agora, acabem com isso!

MANKE — Joguem a resposta no focinho desse burguês e da puta dele!

AUGUSTE *tentando arrastar Kragler consigo* — Venha conosco para o bairro dos jornais, menino! Você aqui só está arranjando confusão.

GLUBB — Deixem ela em paz aí, na sua pedra. Às sete horas passa o metrô.

AUGUSTE — Hoje não tem metrô coisa nenhuma!

O HOMEM BÊBADO — Em frente, então: vamos entrar na dança!

Anna está novamente em pé.

MARIE *olhando-a* — Branca como uma folha de papel!

GLUBB — Um pouco pálida e um pouco magra.

BABUSCH — Essa não tem jeito...

GLUBB — É o que parece, mas só por causa da luz, que não ajuda. *Olha para o céu.*

AUGUSTE — Lá vem o pessoal dos bairros operários!

GLUBB *esfregando as mãos* — Você chegou na mesma hora que os canhões. Talvez até seja um deles! *Kragler não responde.* Não diz nada, porque é muito sabido! *Andando ao redor de Kragler.* Tem no casaco uns buracos de bala, e está meio sem cor, meio sem sal. Mas isso não é nada. Talvez lhe apertem um pouco os sapatos, mas você pode passar graxa neles. *Fareja o ar.* Das onze horas para cá, algumas estrelas já desapareceram do céu e alguns salvadores foram devorados pelas moscas, mas você continua aí bem firme. Só a sua digestão é que não me parece muito boa. Mesmo assim, a luz não passa através do seu corpo: a gente ainda pode ver você...

KRAGLER — Ana, venha cá!

MANKE — "Anna, venha cá!"

ANNA — Onde é que fica a estação do metrô?

AUGUSTE — Metrô, hoje, não tem: nem metrô, nem bonde, nem trem, o dia inteiro. Hoje é dia de folga em toda parte: os vagões estão parados em todas as linhas, e nós vamos sair daqui a pé, até o anoitecer, minha querida.

KRAGLER — Anna, venha aqui comigo!

GLUBB — Não quer andar um pouquinho conosco, irmão artilheiro?

Kragler fica calado.

GLUBB — Alguns de nós teriam preferido ficar bebendo mais alguns copos, mas você foi contra. Alguns teriam preferido ir mais uma vez para a cama, porém, como você não tinha cama, eles também ficaram na rua.

Kragler fica calado.

ANNA — Andrée, você não quer ir? O pessoal está esperando.

MANKE — Anda de uma vez, cara!

KRAGLER — Podem me apedrejar, estou aqui: minha camisa eu posso dar a vocês, mas, entregar meu pescoço à degola, isso eu não faço!

O HOMEM BÊBADO — Merda do diabo!

AUGUSTE — Agora; e os jornais?

KRAGLER — Não adianta. Não vou deixar que me arrastem pela manga da camisa até o bairro dos jornais. Não sou mais um carneiro, e não estou aqui para esticar as canelas! *Tira o cachimbo de um bolso da calça.*

GLUBB — Não está choramingando demais?

KRAGLER — Cara, eles vão abrir um buraco preto no seu peito! Anna! Com os diabos, por que me olha assim? Será que até você quer que eu me explique? *A Glubb*: Eles mataram um sobrinho seu, mas eu agora estou de novo com minha mulher. Venha, Anna!

GLUBB — Eu acho que podemos continuar sozinhos.

AUGUSTE — Então, a África e tudo mais era mentira?

KRAGLER — Não: tudo era verdade! Anna!

MANKE — Esse cavalheiro gritou como um corretor da Bolsa, e agora o que ele quer é uma boa cama.

KRAGLER — Agora eu tenho minha mulher.

MANKE — Será que tem?

KRAGLER — Aqui, Anna! Ela não está mais intacta, não é mais inocente: você fez o que devia fazer ou está com um bebê na barriga?

ANNA — Estou com um bebê, sim.

KRAGLER — Então está...

ANNA — Está bem aqui dentro. A pimenta não fez efeito, e minha barriga está cada vez maior.

KRAGLER — Ela é assim mesmo.

MANKE — E nós? Cheios de cachaça até as pontas dos cabelos, os umbigos estufados de tanto palavrório, e estas facas metidas nas mãos — por quem?

KRAGLER — Por mim! *A Anna*: Então, você é como as outras...

ANNA — É, eu sou como as outras.

AUGUSTE — Quem gritou "todos ao bairro dos jornais", não foi você?

KRAGLER — Fui eu, sim. *A Anna*: Venha cá!

MANKE — Foi você, sim, quem gritou "todos ao bairro dos jornais"! Desta você não vai escapar, menino!

KRAGLER — Eu vou é para casa. *A Anna:* Será que eu tenho de arrastar você?

AUGUSTE — Porco!

ANNA — Me deixe em paz! Eu enganei meu pai e minha mãe, e fui para a cama com um solteiro.

AUGUSTE — Você também é porca!

KRAGLER — Que é que há com você?

ANNA — Fui comprar as cortinas com ele, e depois deitei com ele na cama.

KRAGLER — Cale essa boca!

MANKE — Menino, se você vacilar, eu me enforco!

Gritos distantes, ao fundo.

AUGUSTE — Agora estão assaltando a Casa Mosse!

ANNA — E eu me esqueci completamente de você, apesar da sua fotografia: esqueci tudo, da cabeça aos pés.

KRAGLER — Cale essa boca!

ANNA — Esqueci! Esqueci!

KRAGLER — Para mim, tanto faz. É preciso ir aí buscar você, com a faca na mão?

ANNA — Venha, sim: venha me buscar aqui, com a faca na mão!

MANKE — Vamos jogar dentro da água essa porcaria!

Precipitam-se na direção de Anna.

AUGUSTE — Afastem o homem dela!

MANKE — Mão firme no pescoço!

AUGUSTE — Vamos jogar essa nojenta dentro da água!

ANNA — Andrée!

KRAGLER — Tirem as patas de cima dela!

Ouvem-se apenas as respirações ofegantes. Ao longe, disparos esparsos de canhões, com ruído surdo.

MANKE — Que é isso?

AUGUSTE — Artilharia.

MANKE — São os canhões.

AUGUSTE — Deus tenha piedade dos que estão lá: vão explodir que nem peixes com dinamite!

KRAGLER — Anna!

Auguste corre agachada para o fundo.

BULLTROTTER *aparece ao fundo no pontilhão* — Diabo! Cadê vocês?

GLUBB — Ele vai para a latrina.

MANKE — Patife! *Saindo.*

KRAGLER — Agora, meu lindo pássaro, está na hora de eu ir para casa.

GLUBB *já no pontilhão* — Pode ir, o seu colhão você ainda tem.

KRAGLER *a Anna* — Tiros, de novo! Anna, segure-se no meu pescoço!

ANNA — Eu agora queria ser bem magrinha…

GLUBB — De qualquer jeito, você vai se enforcar, amanhã de manhã, na latrina.

Auguste já sumiu com os outros.

KRAGLER — Você está correndo para o paredão, cara!

GLUBB — Pois é, menino: a madrugada nasce cheia de promessas. Mas o fato é que alguns preferem ficar em segurança. *Desaparece.*

KRAGLER — Vocês quase se afogaram nas lágrimas que choraram por mim, mas eu aproveitei essas lágrimas para lavar minha camisa! Querem que eu vá apodrecer minha carne no fundo da sarjeta, para o ideal de vocês subir até o céu? Estão bêbados?

ANNA — Andrée! Isso não tem importância!

KRAGLER *sem olhar no rosto dela, andando à volta, bota a mão no pescoço* — Eu já estou por aqui com tudo isso! *Dá uma risada maldosa.* Isso é teatro barato: um estrado, uma lua de papel, e bem ao fundo o cepo do carrasco, que é a única coisa verdadeira! *Põe-se novamente a andar de um lado para outro, os braços caídos, e apanha no chão o tambor do botequim.* Deixaram o tambor aqui. *Toca o tambor.* O semiespartaquista, ou, o poder do amor! Banho de sangue no bairro dos jornais, ou cada um está melhor dentro da própria pele... Levanta os olhos e pisca. Com escudo ou sem escudo. *Toca o tambor.* A gaita de fole toca, e os coitados morrem no bairro dos jornais, os prédios desabam em cima deles, a madrugada raiando e eles lá estendidos no asfalto como gatos mortos... Eu sou um porco, e os porcos vão para casa! *Toma respiração.* Eu vou botar uma camisa limpa, minha pele está salva, vou arrancar este paletó e engraxar minhas botas. *Ri com maldade.* A gritaria estará terminada, amanhã de manhã, e amanhã de manhã eu estarei metido em minha casa, e me multiplicando, para propagar bem a minha espécie. *Toca o tambor.* Não façam essas caras tão românticas, cambada de usurários! *Toca o tambor.*

Seus estranguladores! *Rindo a plenos pulmões, quase a ponto de sufocar*: Sugadores de sangue, miseráveis! *A gargalhada fica presa na garganta, ele não aguenta mais, cambaleia, joga o tambor na direção da lua, que era um simples lampião de rua: o tambor e a lua caem dentro do rio, onde não existe água*. Pileque e criancice! Mas agora está na hora da cama: cama bem grande, bem larga e bem branca... Vamos!

ANNA — Oh, Andrée!

KRAGLER *conduzindo-a para o fundo* — Você está bem aquecida?

ANNA — Mas você está sem casaco. *Ajuda-o a vestir.*

KRAGLER — Está um frio danado! *Enrola o xale no pescoço dela.* Agora, vamos!

Seguem os dois, um ao lado do outro, sem se tocarem. Anna um pouco para trás. Alto, no ar, muito longe, um clamor agudo e selvagem vem do bairro dos jornais.

KRAGLER *para um pouco, escuta, passa o braço pelos ombros de Anna* — Está fazendo quatro anos hoje!

Enquanto os gritos prosseguem, os dois saem.

O casamento do pequeno-burguês

Die Kleinbürgerhochzeit
Escrito em 1919
Estreia: 11 de dezembro de 1926, em Frankfurt

Tradução: Luís Antônio Martinez Corrêa, com a colaboração de Wilma Rodrigues

Personagens

O pai da noiva
A mãe do noivo
A noiva
A irmã
O noivo
O amigo
A madame
O marido
O moço

Uma sala pintada de branco com uma grande mesa retangular no centro. Acima da mesa, um lampião de papel vermelho. Nove cadeiras de madeira, simples e com braços. Na parede: à direita uma "chaise longue", à esquerda uma cristaleira. Entre elas, uma porta. No fundo, ao lado esquerdo, uma mesinha baixa com duas poltronas. Na frente, à esquerda, uma porta e à direita uma janela. A mesa, as cadeiras e a cristaleira são de madeira bruta, não polida. É noite. O lampião vermelho está aceso. Os convidados do casamento estão sentados ao redor da mesa, comendo.

A MÃE *trazendo um prato* — Aqui está o bacalhau!

Murmúrios de elogios.

O PAI DA NOIVA — Isso me faz lembrar uma história!

A NOIVA — Come, papai! O senhor sempre perde a vez!

O PAI — Primeiro a história. No dia da minha confirmação o seu falecido tio estava... não, essa já é uma outra história... Bem, todos nós estávamos comendo peixe, todos juntos, quando de repente ele se engasgou com uma espinha. Vocês devem tomar muito cuidado com estas malditas espinhas! Bem, então ele engasgou e começou a sacudir os braços e as pernas, como se estivesse remando...

A MÃE DO NOIVO — Jakob, o rabo é seu!

O PAI — ...como se estivesse remando e a ficar azul como uma carpa e derrubou um copo de vinho! Nos pregou um susto desgraçado! Aí bateram nas costas dele como se ele fosse um tambor e ele vomitou tudo por cima da mesa. Não se podia comer mais ali — nós ficamos contentes porque fomos comer tudo lá fora, sozinhos, afinal era a minha confirmação — então vomitou tudo por cima da mesa e quando nós conseguimos deixar ele em forma de novo, ele disse com uma voz bem profunda e feliz, ele era ótimo baixo e cantava no coral, sobre isso também tem uma história ótima, então ele disse...

A MÃE — Meu peixe está bom? Por que ninguém diz nada?

O PAI — Hum, delicioso! Então ele disse...

A MÃE — Mas você ainda nem provou!

O PAI — Eu vou comer agora! Então ele disse...

A MÃE — Jakob, come mais um pedaço.

O NOIVO — Mamãe, meu sogro está contando uma história!

O PAI — Muito obrigado, Jakob. Então, o bacalhau... Ah, sim, ele disse: "Crianças, eu quase me engasguei!" E a comida ficou toda estragada.

Risos.

O NOIVO — Muito bem!

O MOÇO — Ele fala como um livro!

A IRMÃ — Ai, agora eu não quero mais comer peixe!

O NOIVO — Claro, as franguinhas não comem peixe, são vegetarianas.

A MADAME — A luz elétrica não ficou pronta?

A NOIVA — Ina! Não se usa faca para comer peixe!

O MARIDO — Luz elétrica é de mau gosto, assim como está é bem melhor.

A IRMÃ — É muito mais romântico.

A MADAME — É, mas isso aí nos deixa sem luz!

O AMIGO — Esta iluminação é a ideal para uma bacalhoada

O MOÇO *para a irmã* — Você acha? Você é romântica?

A IRMÃ — Sim. Muito! Eu adoro Heine! Ele tem um perfil tão lindo!

O PAI — Morreu de tuberculose na medula da espinha.

O MOÇO — Uma doença terrível!

O PAI — O tio do velho Weber tinha um irmão que foi atacado por esta doença. Quando ele contava era horrível! Naquela noite, nem se podia dormir! Por exemplo, uma vez ele me contou...

A NOIVA — Papai, por favor! Isso é tão indecente!

O PAI — O quê?

A NOIVA — Tuberculose na medula da espinha!

A MÃE — Como é que está meu peixe, Jakob?

A MADAME — Excelente! E esta noite todos nós queremos dormir, não é?

O AMIGO *ao Noivo* — Saúde, meu chapa!

O NOIVO — Saúde a todo mundo!

Brindam.

A IRMÃ *ao moço, sussurrando* — Nestas circunstâncias!

O MOÇO — Você acha inadequado? *Continuam sussurrando.*

A MADAME — Que cheirinho bom está aqui dentro!

O AMIGO — Simplesmente embriagador!

A MÃE — O noivo gastou meio vidro de água de colônia!

O MOÇO — Que cheiro maravilhoso! *Volta a conversar com a menina.*

A MADAME — É verdade que foram vocês mesmos que fizeram todos os móveis, inclusive a cristaleira?

A NOIVA — Todos. Meu marido desenhou, comprou a madeira, cortou, aplainou e depois colou, fez tudo, tudo, e até que ficaram lindos, não é?

O AMIGO — Ficaram magníficos! Não sei onde foi arranjar tempo para tudo isso!

O NOIVO — De noite, às vezes ao meio-dia, mas a maior parte de manhã cedinho.

A NOIVA — Todo dia ele levantava às cinco horas da manhã para trabalhar!

O PAI — Uma obra-prima! Eu sempre dizia a ele: eu compro os móveis! Mas ele não quis! Esse aí é igualzinho ao Johannes Segmüller. Um dia ele queria…

A NOIVA — Ele queria fazer tudo sozinho. Depois nós vamos mostrar os outros móveis, sim?

A MADAME — Eles são fortes? Vão durar bastante?

A NOIVA — Vão durar muito mais do que a senhora e do que todos nós! Nós sabemos como eles foram feitos! Meu noivo fez até a cola!

O NOIVO — Não se pode confiar nos móveis que se compram nas lojas, são todos uma porcaria.

O MARIDO — É uma boa ideia. Assim eles ficam fazendo parte de nós mesmos e tomamos mais cuidado. *À madame, sua mulher.* Se você tivesse feito, você mesma, os nossos...

A MADAME — E por que não você? Estão vendo? Ele é assim mesmo!

O MARIDO — Não foi isso o que eu quis dizer, você sabe muito bem!

O PAI — A história de Johannes Segmüller é muito engraçada!

A NOIVA — Só que eu nunca acho graça nas suas histórias!

A IRMÃ — Ai, Maria! Não seja grossa!

O NOIVO — Eu acho que meu sogro sabe contar as coisas muito bem.

O AMIGO — Fenomenal! Principalmente nos momentos mais engraçados das histórias.

A NOIVA — Mas ele fala demais!

O NOIVO — Bobagem!

O AMIGO — São marcantes! Simples! Plásticas!

A MADAME — E nós temos tempo de sobra!

A MÃE *entrando* — Agora, a sobremesa!

O PAI — Eu poderia encurtar a história. Umas seis ou sete frases... Vai rápido...

O AMIGO — Que perfume! Néctar e ambrosia!

A MÃE — É pudim com creme chantili!

O AMIGO — Estou quase não aguentando mais!

A MÃE — Jakob, este pedaço é seu! Não ponha creme demais! Não tem muito! Isso! Bom proveito!

A IRMÃ — Ai, eu sou louca por creme chantili!

O MOÇO — É mesmo?

A IRMÃ — É... Você tem que encher a boca. Aí parece que a gente não tem mais dentes!

A NOIVA — Mais creme, papai?

O PAI — Calma, calma! Johannes Segmüller, por exemplo, sempre dizia...

A NOIVA — Minha sogra, o creme de chantili está uma delícia! A senhora tem que me dar a receita!

O NOIVO *a sua mãe* — Só que ela nunca vai cozinhar tão bem quanto a senhora, mamãe...

A MÃE — Bem, é que eu pus três ovos!

A NOIVA — Ah, botando tudo isso...

A IRMÃ — Mas é preciso! Senão, não dá certo!

A MADAME — Principalmente ovos!

O AMIGO *ri tanto que engasga* — Ovos, hahahahahaha, ovos, hahaha... essa é, hahaha, muito boa... Ovos são muito bons, excelente; senão, hahaha, senão, hahahahaha, não dá certo, hahaha, essa é excelente... hahaha. *Como ninguém ri, ele de repente para de rir e começa a comer rapidamente.*

O NOIVO *batendo-lhe nas costas* — Que foi?

A IRMÃ — O que é que tem? Os ovos são muito importantes mesmo!

O AMIGO *recomeça a rir* — Muito importantes! Ahahahah! Ai, que ótimo! Eu não tenho nada contra os ovos!

O PAI — Ah, sim... Estamos falando de ovos! Ovos! Uma vez, a tua falecida mãe, que Deus a tenha, me deu um ovo para comer numa viagem. Eu perguntei: "Ele está duro?" "Como uma pedra!", me respondeu aquela santa mulher. Bem, eu acreditei nela e pus o ovo no bolso. No meio da viagem...

A NOIVA — Papai, por favor, me passa o creme!

O PAI — Toma. Mas eu estava no meio da viagem...

A MADAME, *maliciosa* — A cama também foram vocês mesmos que fizeram?

O NOIVO — Fizemos! É de nogueira!

A NOIVA — Até que ficou boa!

A IRMÃ — Ai, eu acho que ficou um pouquinho larga demais.

A MADAME — É o que acontece. Quando a gente mesmo faz as próprias coisas…

O MARIDO — Mas ainda você nem viu…

O PAI — Eu queria dar para vocês uma cama muito boa! Uma herança da família! Tem valor de antiguidade! E também é sólida!

O AMIGO — Antigamente as pessoas sabiam fazer as coisas!

O MOÇO — As pessoas de hoje não são mais como as de antigamente.

O PAI — "Outras pessoas, outras camas!", é o que sempre dizia o velho Fritz Forst. Um homem muito original. Um dia ele chegou na igreja quando o padre estava bem…

A MÃE, *entrando* — E agora os doces! Maria, vem me ajudar a trazer o vinho!

O NOIVO — Agora vamos molhar a garganta!

O PAI — Um momento! Falando em molhar… tem um caso que eu queria muito contar para vocês! Quando apareceram as primeiras privadas…

O NOIVO — Primeiro bebe um pouco deste vinho, meu sogro. Vinho não deixa a língua seca.

Servem o vinho.

O AMIGO — Hum! É ouro engarrafado! E que buquê…

A MÃE — O que é que vocês dois estão aí conversando o tempo todo tão baixinho?

A IRMÃ *num salto* — Nós?… Nada! Ele só estava me dizendo…

O MARIDO *ao moço* — Já faz cinco minutos que você está pisando no meu pé. Por acaso o senhor está me achando com cara de piano, e meu pé, um pedal?

O MOÇO — Desculpe, eu estava pensando…

O MARIDO — Ah, sim, você pensa... É ótimo pensar, mas, por favor, não pense com os pés!

A MÃE — Me dá seu copo, Jakob!

A MADAME — Por que você não bebe em vez de ficar falando besteira?

Silêncio.

O AMIGO — Mas o senhor estava falando de móveis de família e foi interrompido!

O PAI — Ah, sim, eu estava falando da cama! Muito obrigado! Obrigado! Maria, todo mundo da nossa família morreu naquela cama!

O NOIVO — Então vamos beber à saúde dos vivos, meu sogro! Saúde!

Todos — Saúde!

O MARIDO, *levantando* — Meus caros amigos...

A MADAME — Se você quer fazer alguma coisa de inteligente por seus caros amigos, então cale a boca!

O marido senta.

O AMIGO — Por que o senhor não faz o discurso? Sua mulher só estava brincando...

A MADAME — Meu marido não entende de brincadeiras!

O MARIDO — Também, eu não tinha nada a dizer. *Bebe.*

O moço levanta.

A MADAME — Psiu!

A MÃE — Jakob, abotoa o colete! Assim não fica bem!

Neste momento, os sinos da igreja começam a tocar.

A IRMÃ — Os sinos, seu Mildner! É agora que você tem que fazer o discurso!

O AMIGO — Escutem... Que música! Eleva a alma...

A IRMÃ *ao noivo, que está comendo* — Psiu!

A NOIVA — Deixa o Jakob comer!

O MOÇO *de pé, ereto* — Quando dois jovens, a pura noiva e o jovem noivo, amadurecido nas tempestades da vida, atravessam os umbrais do matrimônio, diz-se que os anjos cantam nos céus! Quando a jovem noiva — *dirige-se a ela* — volta o olhar aos belos dias de sua infância, talvez seja possuída por uma suave melancolia. A partir deste momento deverá enfrentar a vida, esta vida hostil... — *a noiva soluça* — ...verdade que ao lado de um homem experiente, que montou a sua casa com suas próprias mãos, e neste caso isso deve ser tomado literalmente, para receber, junto à eleita de seu coração, a alegria e a dor. Por isso bebamos à saúde destas duas almas jovens e nobres, que esta noite irão se pertencer, mutuamente, pela primeira vez. *A madame dá uma gargalhada.* Pela primeira vez e por toda a eternidade! Em homenagem a esta aliança, eu peço a todos que cantem comigo "Deve ser uma coisa maravilhosa!" de Liszt! *Começa a cantar, mas, como ninguém o acompanha, ele senta.*

Silêncio.

O AMIGO *à meia voz* — Ninguém sabe a música, mas o discurso ele recitou muito bem.

A IRMÃ — Maravilhoso! Ela fala como um livro!

O MARIDO — Está na página 85 do "Manual do Orador". E bem decorado.

A MADAME — Cria vergonha na cara!

O MARIDO — Quem, eu?

A MADAME — Você mesmo!

O MARIDO — O vinho está excelente!

Os sinos param de tocar. As pessoas relaxam.

O PAI — Eu estava contando a história da cama.

A NOIVA — Essa é velha, todo mundo já conhece!

O PAI — A da morte do seu tio-avô August?

A NOIVA — Essa mesma!

O NOIVO — Como foi mesmo que seu tio-avô morreu?

O PAI — Não, primeiro vocês não me deixaram contar a história dos ovos, depois não me deixaram contar a história das privadas, apesar de ser ótima, não quiseram ouvir a história de Fritz Forst nem a de Johannes Segmüller. Esta, é verdade que é um pouquinho longa demais, mas não dura mais que dez minutos no máximo... bom, então fica para depois... Mas como eu estava dizendo...

A MÃE — Jakob, enche os copos!

O PAI — Tio August morreu de barriga d'água!

O MARIDO — Saúde!

O PAI — Saúde! Barriga d'água. Primeiro começou no pé, mais precisamente nos dedos — depois foi subindo, foi subindo até o joelho! Aí não parou mais, desandou! Até que seu corpo inteiro começou a ficar escuro, a barriga começou inchar... Eu sei que fizeram uma lavagem, mas mesmo assim...

O MARIDO — Saúde!

O PAI — Saúde! Saúde!... Eu sei que fazendo lavagem ou não já era tarde demais. Logo atacou o coração e acabou. Ele estava de cama... naquela cama que eu queria dar a vocês... ele estava estirado na cama e gemia como um elefante, ah, é, ele parecia mesmo um elefante, estou falando das pernas dele. Aí, a irmã dele, avó de vocês, lhe disse naquela grande aflição, já era madrugada, disseram que já estava clareando no quarto, aliás eu acho que ainda existem as cortinas, então ela lhe disse: "August, você quer um padre?" Ele não respondeu nada, mas olhou o teto — fazia isso havia sete semanas, já durava muito tempo aquilo, desde quando ele não pôde mais se deitar de lado — e disse: "É principalmente o pé." Depois gemeu de novo. Mas mamãe não desistia, pois achava que se tratava de salvar uma alma, por isso, depois de meia hora, ela disse: "Então August, você não quer um padre?" Mas o tio, nem ao menos prestou atenção, e papai, que estava junto, disse para ela: "Deixa ele. Está sentindo dor." Papai era muito sensível. Mas ela não quis, por causa da alma, e elas são todas teimosas, e recomeçou: "August, é por causa da tua alma imortal." Aí, papai contou mais tarde, o tio desviou os olhos da parede para a esquerda onde eles estavam parados e, ficando vesgo, disse uma coisa que eu não posso repetir aqui. Era um pouco grosseiro como o próprio tio August, realmente não posso... mas a história, sabem... tenho de dizer ou não se compreende. Ele disse: "Enfia no..." Bom, vocês já sabem, não é? Quando tinha dito isso, com esforço, como se pode imaginar, ele morreu. É autêntico. A cama ainda existe até hoje. Está lá no sótão esperando vocês. *Bebe.*

Silêncio.

A IRMÃ — Agora eu não tenho mais sede!

O AMIGO — Você não deve levar as coisas tão a sério, garota! Vamos lá, saúde! Foi uma história engraçada, só isso.

A NOIVA *cochichando ao noivo* — Realmente, ele bem que podia nos poupar esse papo ordinário.

O NOIVO — Deixa, Maria, assim ele fica contente!

O MOÇO — A iluminação que vocês montaram está perfeita!

A MÃE — Jakob, não corta os doces com a faca!

O PAI — Vamos dar uma olhadinha nos móveis!

A NOIVA — Claro, claro...

O AMIGO — O mais importante é que as cadeiras são bem largas. Tem lugar para dois.

A MADAME — Eu acho que os pés são muito finos.

O MOÇO — Pés finos têm classe!

A MADAME — Quem foi que disse?

A MÃE — Jakob! Não pode comer os doces com a mão?

A MADAME *levanta e dá uma volta na sala* — Ah... Esta é a chaise longue... hum... é larga, mas é tão dura... não é lá muito confortável. Bem, já que foi feita em casa...

A NOIVA *levantando* — A cristaleira não é uma gracinha? Principalmente o trabalho de carpintaria! Não sei, outras pessoas não ligam para isso, dão dinheiro e em troca recebem um móvel fabricado... Pois é, um móvel. Sem alma, sem vida, sem nada. Nada mais que isso: um móvel. Agora os nossos móveis, fomos nós mesmos que fizemos, eles foram molhados com o nosso suor e carinho. Foram parte de nós mesmos!

O MARIDO *à sua mulher* — Mulher! Vem para cá e senta!

A MADAME — O que há? Eu só queria ver por dentro!

O MARIDO — Não se espia dentro do armário dos outros!

A MADAME — Mas eu não tenho má intenção. Você sempre tem que ficar com a última palavra! Está bem, então não! Por fora a cristaleira não é lá essas coisas. Essa carpintaria já não se usa mais, está fora de moda. Hoje as portas são de vidro, com cortinas coloridas. Mas por dentro pode ser bem interessante. Era exatamente isso que eu queria ver.

O MARIDO — Muito bem, mas agora senta!

A MADAME — Não me venha levantando a voz! Outra vez você bebeu demais! Vou botar água na sua bebida, você não suporta o álcool.

O NOIVO — Mas se a senhora quiser ver, tudo bem! Por favor! Seu interesse me deixa muito satisfeito. Aqui está a chave. Maria, você pode abrir?

A NOIVA — Eu não sei se... A chave é esta mesma? Não vira!

O NOIVO — Espera aí que eu vou te ensinar. Eu mesmo instalei a fechadura. *Tenta abrir.* Maldição! *Furioso.* Merda!

A NOIVA — Está vendo? Você também não conseguiu.

O NOIVO — Acho que eu forcei a fechadura. Não sei o que está acontecendo.

A MADAME — Ah, deixa, não faz mal! Pode ser que por dentro também não seja grande coisa. Então, não vale a pena... Pelo jeito, é quase impossível abrir esta cristaleira. É um de seus defeitos!

O MARIDO *ameaçando* — Eu já disse para você sentar! Chega! Já ouvi demais!

A IRMÃ — Ai, não! Já que estamos de pé por que não dançamos um pouco?

O MOÇO — Ótima ideia! Vamos afastar a mesa!

O NOIVO — Dançar é ótimo! Mas onde está a música?

O AMIGO — Eu sei tocar violão. Ele está no corredor. *Vai pegar o violão.*

Todos estão de pé. O pai e o marido vão para a esquerda e sentam. Fumam. O noivo e o moço levantam a mesa e a afastam para a direita.

O MOÇO — É bom tomar cuidado.

O NOIVO — Para quê? Ela foi feita para aguentar o tranco! *Larga a mesa com força no chão. Um pé da mesa se solta.* Bem, vamos dançar.

O MOÇO — Está vendo? Você quebrou o pé. Se tivesse tomado mais cuidado...

A NOIVA — Quebrou alguma coisa?

O NOIVO — Não, não foi nada! Só uma coisinha. Vamos dançar!

A NOIVA — Por que você não toma cuidado?

A MADAME — Jakob, você nunca deveria esquecer o suor que você derramou! Mas você não acha que uma boa cola seria melhor que suor?

O NOIVO — Língua de víbora! A senhora dança?

A MADAME — Por que você não abre o baile com sua mulher?

O NOIVO — Ah, é mesmo. Vem, Maria!

A NOIVA — Não! Agora eu quero dançar com seu Hans!

A IRMÃ — Ai, e eu? E eu? Com quem vou dançar?

A NOIVA *ao marido* — O senhor não dança?

O MARIDO — Não, minha mulher não deixa.

A IRMÃ — Mas o senhor devia dançar, senão eu vou tomar chá de cadeira!

O MARIDO — Mas não é direito, uma vez que eu não quero... *Levanta e oferece seu braço.*

O AMIGO *afinando o violão, da chaise longue* — Eu posso tocar uma valsa! *Começa a tocar.*

Três pares dançam: o noivo com a madame, a noiva com o moço e a irmã com o marido.

A MADAME — Mais depressa! Mais depressa! Parece um carrossel!

A dança acelera e depois para.

A MADAME — Foi ótimo. Não dançamos nada mal... *Se deixa cair com todo seu peso na chaise longue. Um estalo. A madame e o amigo saltam.*

O AMIGO — Alguma coisa quebrou.

A MADAME — Alguma coisa quebrou e é claro que vão dizer que fui eu!

O NOIVO — Não, o que é isso? Não foi nada... Eu mesmo conserto.

A MADAME — É, você conhece muito bem os seus móveis. Isso é o essencial.

A NOIVA — De certo, a dança foi um pouco rápida demais para a senhora, por isso caiu desse jeito.

A MADAME — É que seu marido tem um ímpeto!

A IRMÃ — O senhor gostou?

O MARIDO — Muito! Desta vez gostei muito!

A MADAME — Você tem é que tomar cuidado com o coração!

O MARIDO — Você se preocupa com isso?

A MADAME — Claro, depois a enfermeira sou eu...

O NOIVO — Vamos sentar?

A MADAME *ao amigo* — Você toca muito bem!

O AMIGO — Ora, vendo a senhora dançar...

O NOIVO — Não seja bobo! Vamos sentar! Então quer dizer que você gostou desta valsinha, não é?

O MOÇO — Muito! Vamos dançar mais um pouco?

O NOIVO — Não.

O PAI — Ainda tem vinho? Bebendo se conversa melhor.

O NOIVO — Vamos colocar a mesa no centro. *Faz o que diz com a ajuda do moço.* Desta vez vê se pelo menos toma mais cuidado!

A mãe traz vinho. Todos voltam a sentar, mas agora aprumando as cadeiras.

A MADAME — Por que você não canta alguma coisa? Eu adoro ouvir música!

O AMIGO — Eu não canto bem.

O NOIVO — Não faz mal. Canta pelo menos para animar um pouco a nossa festa!

A MADAME — De vez em quando, meu marido canta. E também toca violão.

O MOÇO — Ah, então toque!

A MADAME — Pega o violão!

O MARIDO — Não, eu não sei mais tocar.

A IRMÃ — Toque!

O MARIDO — E se eu não chegar até o fim?

A MADAME — É sempre assim!

A IRMÃ — Só uma!

O MARIDO — Pode ser que ainda me lembre de uma.

A MADAME — Antigamente, ele tocava o tempo todo, mas depois que nos casamos, ele parou. Ele se dedica a me aborrecer. Antigamente, ele sabia uma porção de músicas, depois esqueceu um monte delas e cada vez sabia menos. Ele se perdia cada vez mais como se sofresse de marasmo, e no fim ele ainda sabia só uma. Cante essa agora!

O MARIDO — É, essa eu canto. *Dá um acorde no violão e começa com muito entusiasmo*:

No bosque dos amantes
Um fantasma morava,
Ele tinha uma...

Para.
Ele tinha uma...

Silêncio.
Esqueci. Não sei mais. Agora esqueci mais esta... Era a última...

A MADAME — Marasmo!

O NOIVO — Isso não é nada! Eu, por exemplo, não consigo cantar nenhuma nota.

O MOÇO — E se nós dançássemos mais um pouco, hein?

O AMIGO — Claro! Vamos dançar! Agora é a minha vez! Pelo menos uma valsa o senhor ainda sabe tocar, não é? Lá maior e sétima! Por favor, dona Maria, agora é a minha vez.

A MADAME — Mas eu não quero mais dançar!

O NOIVO — Então vamos ficar olhando.

O PAI — Maria dança muito bem!

A noiva dança com o amigo.

O MARIDO *tirando alguns acordes do violão* — Lá maior é assim.

O AMIGO *com entusiasmo* — Você dança muitíssimo bem! Mais depressa!

O NOIVO — Ei! Cuidado para não cair!

A MADAME *ao noivo* — Nunca me pegaram dançando desta forma!

A IRMÃ — A senhora gostaria?

A MADAME — Depende do homem.

O AMIGO *parando* — Meu sangue subiu à cabeça! Toma, Jakob, toma aqui a sua patroa de volta! Ela dança como os anjos! Agora eu quero beber.

O PAI — Vamos voltar para a mesa! Assim não dá para conversar!

O NOIVO — É, vamos sentando! *À noiva em voz baixa*: Ou você quer continuar dançando?

A NOIVA — Ah, é assim? Vamos trocar de lugar! *Ao amigo*: Você vai sentar aqui! *À madame*: A senhora não quer sentar lá? *A madame senta ao lado do noivo.* Papai, o senhor fica na cabeceira.

O NOIVO *abre uma garrafa* — Agora vamos beber! Um brinde à nossa felicidade!

O MOÇO — Entre seus móveis!

O AMIGO — Construídos por ele mesmo!

O PAI — Saúde! Maria, quando você era uma criancinha que usava um vestidinho que vinha por cima dos joelhos, um dia eu te dei vinho. Seu avô achou muito engraçado: ele queria que você dançasse, mas você acabou dormindo.

A MADAME — Então neste caso é melhor você parar de beber, não é, meu bem?

O MARIDO — Nunca vi alguém dançar assim tão bem!

O AMIGO — Ah!!! Agora estou bem-humorado! Até agora eu estava notando que o ambiente aqui estava meio frio. Mas agora a festa está melhorando. *Num salto*: Ai! Que é isso? *Olha a cadeira.* Fiquei preso numa coisa!

A NOIVA — Machucou?

O AMIGO — É uma lasca da madeira.

O NOIVO — Não faz mal...

O AMIGO — Não faz mal para a cadeira, mas era a melhor calça que eu tinha.

O NOIVO — E você vestiu essa calça só para meu casamento?

O AMIGO — É. Mas agora eu vou cantar.

O NOIVO — Não é preciso. Se você não está com vontade, não precisa.

O AMIGO *procurando o violão* — Desta vez eu quero cantar!

O NOIVO — Não, eu quero dizer, se você ficou chateado...

O AMIGO — Eu não estou chateado.

O NOIVO — Estou falando da calça...

O AMIGO — Deixa, valeu pelo baile...

O PAI — Ah, sim! "Existe uma providência!", Forst sempre dizia!

O AMIGO *canta a "Balada da Castidade em Tom Maior"*:

Oh! No escuro um no outro se fundiu
Oh! Estamos sós! Ela olhou e sentiu:
Ela é minha! Com desejo, ele pensou
A escuridão, o fogo da paixão, atiçou
Mas ele só beijou a noiva no nariz:
"Minha noiva não é uma reles meretriz!"
Nisso, ele jamais pensou!

Ah! Como é quente sua mão!
Ah! Como bate o coração!
Das bocas saem quentes gemidos
Cuidado! Não vá perder os sentidos!
Ela só beijou o noivo no nariz:
"Eu não sou uma reles meretriz!"
Na hora, foi o que ela pensou!

Para ela ficar donzela
Uma puta ele foi procurar
Náusea e glória desta terra
A puta lhe soube ensinar
Mas o seu corpo era um abismo
Ele preferiu o ascetismo
E nisso ele não mais falou!

Para apagar o fogo
Que o puro noivo acendeu
Ela abriu o jogo
E, ao primeiro que veio, ela deu
(Debaixo da escada
Ela foi furada!)
Não era freira, mas a carícia
Mesmo brutal é sempre uma delícia
E sua fome, ela matou!

Hoje ele vive a se queixar:
A folia: pra que evitar?
Naquele mês de maio tão feliz
Ele só beijou a noiva no nariz
Ele como padre, ela como puta
Agora dizem para quem gosta:
"A Castidade é uma bela bosta!"

A madame ri.

O NOIVO — Esta eu conheço. Uma das suas melhores canções. *À madame*: A senhora gostou? Eu vou buscar mais vinho.

O AMIGO — Ah, eu adoro essa música! Principalmente a moral da história! *À noiva*: Como é, gostou?

A NOIVA — Não sei, acho que não entendi.

A MADAME — Que é isso, Maria? Ele não estava falando de você não, meu bem…

O PAI *inquieto* — Onde está Ina?

A NOIVA — Como o senhor quer que eu saiba?

O NOIVO — O senhor Mildner também desapareceu. Não entendo por que ele foi convidado…

A NOIVA — É o filho do zelador!

O NOIVO — Então é um lacaio.

A NOIVA — Eles devem ter saído.

O PAI — Que bom! Pelo menos eles não ouviram a música. Maria, vai ver onde eles estão!

A MADAME — Eu acho que eles ouviram a música e foram aplicar a lição.

O MARIDO — Sua mãe também está na cozinha.

O NOIVO — Ah, ela está fazendo mais creme…

A NOIVA *falando baixo ao noivo* — Que indecência!

O NOIVO — Depois do jeito que você dançou com ele…

A NOIVA — Eu estou morta de vergonha!

O NOIVO — Por causa do baile?

A NOIVA — Não! Por causa dos seus amigos! *Sai.*

O AMIGO — Eu estou muito bem. Agora eu estou muito bem. Quando bebo, eu me sinto como Deus!

O NOIVO — Não, você devia ter dito: quando Deus bebe, ele se sente como um secretário.

O AMIGO *ri um pouco excitado* — Olha aí, parabéns! Não é sempre que você dá uma dentro!

O MARIDO — Isso me faz lembrar uma anedota! Um dia o bom Deus sentiu necessidade de passear incógnito, disfarçado. Mas esqueceu de colocar a gravata! Então foi reconhecido e levado para um hospício!

O AMIGO — Que pena, o senhor contou tão mal. Perdeu toda a graça.

O PAI — Essa é boa, mas Joseph Schmidt, um dia até ele foi parar num hospício, no meio dos loucos! Foi assim, ele...

Entram a irmã, a noiva e o moço.

A IRMÃ — Nós ajudamos mamãe a fazer o creme.

O NOIVO — Tudo bem. Nós estamos contando piadas.

O MOÇO — O creme está delicioso!

A MADAME — Vocês fizeram o creme no fogão?

A IRMÃ — Não, aqui em casa não fazemos creme no fogão!

A MADAME — Pensei que você fosse dizer "É claro, nós fizemos o creme no fogão", porque vocês estão vermelhos como uma brasa! *Ela ri, se joga na cadeira, um estalo.* Ai! *Levanta.*

O AMIGO — Quebrou alguma coisa?

A MADAME — Acho que a cadeira...

O NOIVO — Não pode ser! Pode rebolar em cima dela! Eu fiz as cavilhas de três centímetros!

A MADAME — Eu não tenho mais coragem de me sentar aí. Vou sentar na chaise longue.

A IRMÃ — A senhora já sentou lá e agora está com um pé quebrado!

O AMIGO *examinando a cadeira de madame* — Realmente, por aqui tem alguma coisa que não vai bem. Desta vez não foi uma lasquinha só, não. Olha aqui, pessoal, é melhor tomar cuidado com as roupas!

O NOIVO *se aproximando* — Ah, é... Essa é a cadeira que já tinha problemas. As cavilhas não foram suficientes. Eu não sabia que era *essa* cadeira, senão teria pedido que se sentasse numa outra.

A NOIVA — Então teria sido *aquela* cadeira!

O MARIDO — Aqui tem uma cadeira sobrando.

Silêncio.

A MÃE — Agora o creme e o ponche!

O AMIGO — Magnífico! O ponche! *Atira-se em uma cadeira, cujo braço se quebra.* Desta vez só foi o braço. Não faz mal. Vamos beber, minha gente! *O braço da cadeira cai.*

O NOIVO — Isso é o que se chama de um ambiente festivo! Saúde!

TODOS — Saúde!

O NOIVO *à sua mãe* — Mamãe! Eu faço este brinde à senhora!

A MÃE — É, mas não vai derramar ponche no colete! Olha aí, já tem uma mancha!

O PAI — Por falar em cadeiras, Rosenberg e Companhia tinha sempre para os seus clientes umas cadeiras tão baixas que os joelhos vinham parar na mesma altura da cabeça. Os clientes ficavam tão rebaixados que o Rosenberg e Companhia fez uma fortuna! Com o dinheiro, ele pôde comprar uma casa maior, equipou seu escritório com móveis de primeira mas conservou as cadeiras! Ele sempre dizia muito emocionado: eu comecei com estes móveis tão simples... Não vai ser agora que eu vou me esquecer deles para não perder minha humildade e Deus não me castigar!

A MADAME — Mas eu não tive intenção de quebrar as cadeiras! A culpa não foi minha!

O MARIDO — Ninguém disse nada!

A MADAME — Por isso mesmo! Eu sei que agora quem vai levar a culpa sou eu!

O AMIGO — Estou sentindo uma nota falsa em algum lugar... Vocês querem que eu cante mais alguma coisa?

O NOIVO — Se não estiver cansado?

O AMIGO — Cansado de quê?

O NOIVO — De dançar e beber. Afinal, você é doente do estômago.

O AMIGO — Eu não tenho doença do estômago.

O NOIVO — Mas você sempre toma bicarbonato.

O AMIGO — Isso não quer dizer que eu esteja doente.

O NOIVO — Eu só estou dizendo para o seu bem.

O AMIGO — Você é muito gentil, mas eu não estou cansado.

Silêncio.

O MOÇO — Vocês viram uma peça de teatro chamada "Baal"?

O MARIDO — Eu vi. Uma merda!

O MOÇO — Mas ela é muito forte.

O MARIDO — Então é uma merda muito forte! Isso é pior do que uma merda fraca! Ser talentoso para porcarias desculpa a pessoa? Além disso, você não deveria ter visto!

Silêncio.

O PAI — Os escritores de hoje em dia arrastam a vida da família para a lama! Portanto, o que há de melhor entre nós...

O AMIGO — É isso mesmo!

Silêncio.

O NOIVO — Bem, não é por causa disso que nós vamos ficar com essa cara. Afinal de contas não é todo dia que eu me caso. Vamos beber e mudar de assunto! Olha, aqui dentro está muito formal! Para dar exemplo, eu vou tirar minha casaca! *Tira a casaca.*

Silêncio.

O AMIGO — Vocês têm baralho aqui? Poderíamos jogar tarô.

O NOIVO — As cartas estão na cristaleira.

A MADAME — Que não abre.

O AMIGO — E se você usasse um pé de cabra?

A NOIVA — Você está falando sério?

O AMIGO — Um dia vocês vão ter que abrir, não é?

A NOIVA — Mas hoje não!

O NOIVO — Só para pegar um jogo de baralho?

O AMIGO, *agressivo* — Então me diga o que é que nós vamos ficar fazendo aqui para matar o tempo?

A MADAME — Podemos dar uma olhada nos outros móveis.

O NOIVO — É uma ideia! Eu vou na frente.

Todos levantam.

A IRMÃ — Eu prefiro ficar aqui.

A NOIVA — Sozinha? Não, senhora!

A IRMÃ — Por que não?

A NOIVA — Olhe aqui, Ina, eu acho que tudo tem um limite!

A IRMÃ — Já que é assim, eu posso muito bem dizer isso pra você: eu não queria me levantar porque minha cadeira está quebrada...

A NOIVA — Por que você quebrou?

A IRMÃ — Ela se quebrou sozinha!

O AMIGO *pegando a cadeira* — Todo mundo deve ficar muito quietinho... é melhor ninguém se mexer, aí não se quebra mais nada!

O PAI — Vamos ver os outros móveis?

O AMIGO *a meia voz para a madame* — A mesa ainda está inteira.

O NOIVO — Os móveis não têm nada de excepcional...

A MADAME — Desde que eles aguentem...

O NOIVO — Vem, Maria!

A NOIVA *fica só* — Já vou! Vai na frente. *Todos saem pela porta do centro.*

No caminho.

A MADAME *ao amigo* — O noivo tirou a casaca!

O AMIGO — É uma grosseria! Madame, agora tudo é permitido!

A noiva está sentada na mesa e começa a soluçar.

O NOIVO *voltando do quarto* — Eu vim buscar a lanterna, tem alguma coisa errada na instalação elétrica.

A NOIVA — Por que você não chamou um eletricista para fazer a instalação?

O NOIVO — O que é que há com você? Sua irmã também podia ter se portado melhor.

A NOIVA — E o seu amigo?

O NOIVO — Uma mulher de respeito não dança daquele jeito!

A NOIVA — E o Mildner, o seu convidado? Aquela história de "pura noiva" não foi por acaso! Ai! Eu morri de vergonha, fiquei vermelha e todo mundo me notou. O jeito que ele olhava para mim... E aquele outro que esquecia a música? Parecia que ele queria se vingar de alguma coisa.

O NOIVO — Depois foi aquela musiquinha indecente! Parecia que ele estava pensando: "com essa aí não tem problema!".

A NOIVA — Toma cuidado com o que você diz, ele *era seu amigo*! E eu não sou "essa aí" não, senhor!

O NOIVO — O que eu faço para mandar toda essa gente embora? Eles comem, bebem, fumam, riem da nossa cara, e o pior: nem pensam em sair. E a festa é nossa, não é?

A NOIVA — E que festa!

O NOIVO — Não fique assim! Quando eles forem embora...

A NOIVA — Vai estar tudo quebrado!

O NOIVO — Eu queria tanto ficar só com você. Olha, eles estão voltando!

A NOIVA — Eu não queria que eles fossem embora. Vai ser pior!

O NOIVO *vestindo a casaca outra vez depressa* — Está frio aqui...

Os outros aparecem na porta.

O PAI — Ficamos esperando na cozinha, porque não tinha luz no quarto de dormir.

O AMIGO — Estamos atrapalhando?

A madame tem um acesso de riso.

O MARIDO — O que é que foi agora?

A MADAME — É tão engraçado!

O MARIDO — Tem alguma coisa engraçada por aqui?

A MADAME — Tudo! Tudo é muito engraçado! As cadeiras quebradas, os móveis feitos em casa, essa festa! *Ri às gargalhadas.*

A NOIVA — Dona Emmi, por favor...

A MADAME — Tudo quebrado! *Continua rindo até que se joga, às gargalhadas, em uma cadeira que se espatifa e ela vai para o chão.* Essa também! Até essa! Agora, vou ter que me sentar no chão!

O AMIGO *rindo também* — Essa é boa! Devíamos ter trazido cadeiras portáteis.

O MARIDO *pegando sua mulher pelo braço* — Você está doente! Se continuar assim vai acabar arrebentando todos os móveis! As cadeiras não têm culpa. *Ao noivo*: Desculpe.

O AMIGO — Ah, vamos sentar em qualquer lugar. Quando a gente se diverte não tem importância.

Todos sentam.

A IRMÃ — Que pena que não tinha luz! A cama é tão linda!

A MADAME — Ah, é! A luz elétrica também não funcionou!

A NOIVA — Jakob, por que você não vai buscar mais vinho?

O NOIVO — Está no porão. Me dá a chave.

A NOIVA — Eu vou com você.

Saem.

A MADAME — Hum! Estou sentindo um cheiro estranho...

O AMIGO — É verdade, antes eu não havia notado.

A IRMÃ — Eu não estou sentindo nada!

A MADAME — Já sei! O cheiro é da cola!

O AMIGO — Ah! Então foi por isso que ele gastou meio vidro da água de colônia que eu dei de presente de casamento?

A MADAME — Agora não tem mais jeito de esconder o fedor da cola.

A noiva volta.

O PAI — Quando eu te vejo aí, ao lado da porta, me lembro de você quando era menina, era linda! Mas agora você está se abrindo, como uma flor.

A MADAME — O seu vestido é bem-feito, hein?

A NOIVA — Graças a Deus eu não preciso de artifícios.

A MADAME — É uma indireta?

A NOIVA — Por quê? A carapuça serviu?

A MADAME — Quem tem telhado de vidro não deve jogar pedras no vizinho.

A NOIVA — Quem tem telhado de vidro?

A MADAME — O seu vestido está tão bem-feito que quase nem se percebe que você está…

O AMIGO — Saúde! Hum, que vinho bom, hein?

A NOIVA *chorando* — Isso é… isso é…

O MARIDO — O que é isso?

O NOIVO *voltando* — Aqui está o vinho! O que está acontecendo?

A IRMÃ — Uma baixaria!

A MADAME — Qual é a baixaria, garota? Qual é?

O PAI — Vamos com calma, vamos com calma! Saúde!

O NOIVO *à irmã* — Ina, que é isso? Você não pode ofender os convidados!

A IRMÃ — Mas convidados podem ofender sua mulher, não é?

A MADAME — Eu não disse nada!

O MARIDO — Disse! Foi uma grossa!

A MADAME *irritada* — Eu não disse nada mais que a verdade!

O NOIVO — Que verdade?

A MADAME — Não se faça de bobo!

O MARIDO *se atirando sobre ela* — Cala a boca!

A MADAME — O que é que há? Se uma mulher está grávida, ela está mesmo grávida e acabou!

O marido arranca um pé da mesa e o atira em sua mulher. Mas só vai acertar num vaso que estava em cima da cristaleira. A madame chora.

O NOIVO *furioso, para a irmã* — Lá se foi o *seu* vaso!

A IRMÃ — Pelo jeito, você não gostava muito dele, senão ele não estaria escondido lá em cima!

O NOIVO — Eu não tenho tempo para te responder! A minha mesa também se foi! *Apalpa para ver se a mesa ainda está firme.*

O MARIDO, *muito excitado, andando de um lado para o outro* — Agora eu a castiguei e agora o bruto sou eu! Foi sempre assim. Ela é a mártir e eu sou o bruto. Mas eu aguentei isso sete anos; quem será que me transformou num bruto? Minha mão estava tão cansada de trabalhar para ela que eu não conseguia nem lhe bater. Ela sempre sente dor quando eu estou bem, quando eu bebo, ela conta o dinheiro, e quando eu conto o dinheiro, ela chora. Uma vez, eu tive que tirar da parede um quadro que eu gostava porque ela não gostava. Ela não gostava porque eu gostava. Aí ela tirou o quadro do chão e pendurou ele no seu quarto. Quando eu o vi lá, ela ficou contente e disse: "Para uma pessoa como eu, serve." E se fez de vítima por ter que pegar o que eu jogava fora. Furioso, eu tirei o quadro dela. E ela chorou porque não podia nem ficar com aquilo. "Nem aquilo", ela disse, falando até das coisas mais inacessíveis. Mas ela é assim, todas elas são assim. Desde o dia do casamento, o homem não é mais um animal que trabalha para a sua dona, mas sim um ser humano que trabalha para um animal. E isso deixa a gente tão desgastado, que no fim a gente acaba merecendo.

O NOIVO *se esforçando* — Alguém quer mais vinho? Ainda são nove horas.

O AMIGO — Não tem mais cadeiras.

O MOÇO — Nós podemos dançar.

O AMIGO — Estou de saco cheio!

O NOIVO — Você não estava gostando?

O AMIGO — Antes da droga desta lasca, eu estava.

O NOIVO — Ah, é. *Ri.* Foi por isso que você ficou mudo?

O AMIGO — Por acaso, a cadeira era minha?

O NOIVO — Não, a cadeira era minha! Era! Agora nem é mais uma cadeira.

O AMIGO — Então podemos ir embora! *Sai.*

O MOÇO — Muito obrigado, foi muito bom. Eu vou buscar o meu casaco.

A MADAME — Você... não quer me acompanhar até em casa?

O MARIDO *saiu e volta com as coisas da sua mulher* — Agora eu tenho que pedir desculpas mais uma vez por ter uma mulher assim.

O NOIVO — Não é preciso.

A MADAME — Eu não me atrevo a voltar para casa.

O MARIDO — Você quer se vingar? Agora a palhaçada acabou! Agora o negócio vai ficar sério! *Pega a mulher pelo braço.* Vamos! *Sai com a mulher, que sai sem dizer nada e abatida.*

O NOIVO — Agora que encheram a barriga, vão embora. Então nós ficamos sozinhos, e a noite mal chegou na metade.

A NOIVA — Agora mesmo você queria que eles fossem embora! Está vendo como você muda? É isso mesmo, você não me ama.

O AMIGO *entra, de chapéu na cabeça e mal-humorado* — Agora quase não se aguenta mais esse fedor!

O NOIVO — O que está fedendo?

O AMIGO — Essa cola que não gruda! É um escândalo convidar seus amigos para vir neste chiqueiro!

O NOIVO — Se é assim, eu peço desculpas por não ter gostado da sua música indecente e peço desculpas por você ter quebrado minhas cadeiras.

O AMIGO — Acho melhor vocês ficarem esperando a cama do seu tio da barriga d'água! Durmam bem! *Sai.*

O NOIVO — Vai para o inferno!

O PAI — É melhor nós irmos embora também. Os móveis... ainda tem jeito de consertar... Ah, se vocês quiserem a cama, ela está à disposição. Eu sempre achei que contar histórias que não dizem respeito a ninguém é bem melhor... Catástrofes! Eles não aguentam ficar sozinhos com eles mesmos. Ina, vamos embora.

A IRMÃ — Pena que a festa acabou assim. É a única que a gente tem na vida. Como diz o Hans: "Depois vem a vida..."

A NOIVA — Você contribuiu bastante para estragar tudo. E desde quando você chama o senhor Mildner de Hans?

O MOÇO — Mais uma vez, muito obrigado. Para mim foi uma noite ótima!

Os três saem.

O NOIVO — Eles foram embora. Graças a Deus e também ao Diabo!

A NOIVA — E vão contar tudo para a cidade inteira! Que vergonha! Amanhã todo mundo vai estar sabendo e todo mundo vai morrer de rir. Você vai ver, eles vão nos olhar das janelas e rir. Quando nos encontrarem na igreja, vão lembrar dos móveis, da luz elétrica que não funcionou, do creme que não deu certo... e no pior, na noiva que se casou grávida! E eu que ia dizer a todo mundo que meu parto foi prematuro.

O NOIVO — E os móveis? E o trabalho de cinco meses? Nisso você não pensou, não é? Por que ficaram rolando de alegria com aquelas musiquinhas indecentes? Por que você dançou com eles como se estivesse num bordel até quebrar as nossas melhores cadeiras? E era a sua amiga!

A NOIVA — E aquele que estava cantando, era o seu amigo. Que o diabo carregue os seus móveis que nem foram envernizados porque você disse: "Não importa a aparência, o que importa é que eles sejam fortes e confortáveis!" Cinco meses perdidos até eles ficarem prontos, tanto tempo que já se nota o meu estado. Essa porcaria, esse lixo, esse trabalho péssimo! Por que é que nos casamos?

O NOIVO — Agora que os convidados foram embora, tem início a nossa noite de casamento! Ei-la!

Silêncio. Ele passeia pela sala. A noiva está de pé ao lado da janela.

A NOIVA — Por que você teve que dançar primeiro com aquela jararaca que eu pensava que era a minha melhor amiga? Por que você tinha que fazer isso se não é assim que deve ser? Ai, que vergonha!

O NOIVO — Ela estava falando mal dos móveis!

A NOIVA — E você queria que ela mudasse de opinião? Melhorou...

Silêncio.

O NOIVO — É sempre assim! Quando se faz qualquer coisa que os outros não fazem, eles ficam uma fera! Principalmente quando eles veem que o trabalho é bem-feito. Então eles se vingam. Eles não seriam capazes de desenhar nem um banquinho! Mas sob o pretexto de que havia um defeito mínimo, de que a cola não era boa, por exemplo, eles se acham com a razão. Não vou mais pensar nisso. *Vai até a cristaleira e tenta abri-la.*

A NOIVA — Mas vão te lembrar! E eu também! Não vou me esquecer disso! *Chora.*

O NOIVO — Da cola que não ficou boa?

A NOIVA — Deus vai castigar o seu sarcasmo!

O NOIVO — Ele já começou! Que essa fechadura vá à merda! Agora eu não me importo com mais nada! *Força a porta, ela arrebenta.*

A NOIVA — Agora você quebrou a porta porque a fechadura estava quebrada!

O NOIVO — Agora eu já peguei meu paletó e você já pode ir arrumando tudo. Será que eu vou ter que ficar ainda muito tempo neste chiqueiro?

A noiva levanta e começa a limpar a sala.

O NOIVO *perto da cristaleira, já com o paletó de casa, conta o dinheiro* — Barato também não foi. O vinho do porão nem precisava subir.

A NOIVA — A mesa está bamba, estão faltando duas pernas!

O NOIVO — O ponche! A comida! E agora os concertos!

A NOIVA — As cadeiras, a cristaleira, a chaise longue!

O NOIVO — Filhos da puta!

A NOIVA — E os *seus* móveis!

O NOIVO — E a casa montada!

A NOIVA — A gente sabe o que tem!

O NOIVO — Tomem mais cuidado!

A NOIVA *senta-se e cobre o rosto com as mãos* — E essa vergonha!

O NOIVO — Você tinha que varrer a sala de vestido de noiva? Vai estragar de novo! Aí já tem uma mancha de vinho.

A NOIVA — Como você está insignificante com esse paletó! Seu rosto mudou muito, mas não para melhor.

O NOIVO — E você! Como está velha! Quando chora é que a gente nota.

A NOIVA — Você não respeita mais nada!

O NOIVO — Agora é a noite de casamento!

Silêncio, ele se aproxima da mesa.

O NOIVO — Beberam tudo. A toalha da mesa bebeu mais vinho do que eu! Eles esvaziaram as garrafas, mas ainda tem um restinho nos copos! É, agora nós temos que fazer economia!

A NOIVA — O que você está fazendo?

O NOIVO — Vou esvaziar os copos. Aqui tem um copo cheio.

A NOIVA — Eu não tenho vontade.

O NOIVO — Mas afinal é a noite de casamento!

A noiva pega um copo, olha para o lado e bebe.

O NOIVO — Já que não se pode dizer que bebo à sua virgindade porque você está grávida...

A NOIVA — Esta é a pior das humilhações! Agora você passou de todos os limites! Se eu estou grávida, de quem é a culpa? Você estava atrás daquilo como um bode.

O NOIVO *imperturbável* — E assim temos à nossa frente a noite em que, sob os olhos da família e entre nossas quatro paredes...

A noiva ri amargamente.

O NOIVO — ...devemos nos multiplicar! Um ato, por assim dizer, sagrado.

A NOIVA — Falar, você sabe!

O NOIVO — Portanto eu bebo à tua saúde, minha querida esposa, e bebo também à nossa prosperidade!

Eles bebem.

A NOIVA — Nem tudo que você disse estava certo, mas uma coisa é certa: hoje é um dia de festa, então não importa tanto.

O NOIVO — Poderia ter sido pior.

A NOIVA — Com esse teu amigo!

O NOIVO — E os seus parentes!

A NOIVA — Mas temos de brigar o tempo todo?

O NOIVO — Não! Na noite de casamento.

Bebem bastante.

A NOIVA — Noite de casamento! *Engasga-se e ri às gargalhadas.* Que engraçado! Bela noite de núpcias!

O NOIVO — Mas afinal, por que não? Saúde!

A NOIVA — A musiquinha era tão indecente. *Risadinhas*: "Debaixo da escada ela foi furada!" Os homens são assim mesmo!

O NOIVO *levanta-se de repente* — E as histórias de seu pai?

A NOIVA — E a cara da minha irmã no corredor... Ai! É de morrer de rir!

O NOIVO — E quando aquela jararaca se espatifou no chão?

A NOIVA — Meu Deus! A cara que eles fizeram quando a cristaleira não queria abrir!

O NOIVO — Pelo menos eles não puderam ver o que tem lá dentro.

A NOIVA — Que bom que eles foram embora!

O NOIVO — Essa gente só faz barulho e sujeira.

A NOIVA — Dois só não bastam?

O NOIVO — Enfim, sós!

A NOIVA — Como o seu paletó é feio!

O NOIVO — Seu vestido de noiva também. *Rasga o vestido de cima a baixo.*

A NOIVA — Agora, meu vestido de noiva está rasgado.

O NOIVO — Não faz mal. *Beija a noiva.*

A NOIVA — Como você é louco...

O NOIVO — Como você é bonita! Esses seios brancos!

A NOIVA — Ai, meu amor, assim você está me machucando...

O NOIVO *arrasta a noiva até a porta, abre-a e a maçaneta fica em sua mão* — A maçaneta, hahaha, até ela. *Joga a maçaneta sobre o lampião, que se apaga e cai.* Vem!

A NOIVA — E a cama? Hahahahaha!

O NOIVO — Que é que tem? Que é que tem a cama?

A NOIVA — Ela também vai quebrar!

O NOIVO — Não faz mal!

O noivo sai arrastando a noiva. Silêncio. Ouve-se o barulho de uma cama quebrando.

O mendigo ou O cachorro morto

Der Bettler oder Der tote Hund
Escrito em 1919
Estreia: 27 de setembro de 1967, em Berlim

Tradução: Fernando Peixoto

Personagens

O imperador
O mendigo
Soldados

Um portão. À direita está sentado o mendigo, um sujeito grande com roupas esfarrapadas e testa pálida. Tem um pequeno realejo, que oculta entre os farrapos. É de manhã cedo. Ouve-se um tiro de canhão. Entra o imperador, escoltado por soldados: seus cabelos são longos e ruivos, tem a cabeça descoberta. Usa roupa de lã violeta. Repicam os sinos.

IMPERADOR — No momento em que eu vou celebrar o meu triunfo sobre o meu maior inimigo, quando o país mistura meu nome com o fumo negro do incenso, há um mendigo sentado diante da minha porta fedendo a miséria. Mas em meio de grandes acontecimentos, convém conversar com o Nada. *Os soldados retrocedem.* Homem, você sabe por que dobram os sinos?

MENDIGO — Sim. Meu cachorro morreu.

IMPERADOR — Isso foi uma insolência?

MENDIGO — Não. Foi velhice. Aguentou até o fim. Eu pensava: por que as patas dele tremem assim? Ele tinha apoiado as da frente no meu peito, ficamos deitados assim toda a noite, mesmo quando começou a esfriar. Mas de madrugada ele já estava morto e eu o afastei de mim. Agora não posso mais voltar para casa, porque ele está apodrecendo e cheira mal.

IMPERADOR — Por que você não o joga fora?

MENDIGO — Não é da sua conta. Agora você tem o peito oco como um buraco no esgoto, pois fez uma pergunta boba. Todos fazem perguntas bobas. Perguntar já é bobagem!

IMPERADOR — Mas mesmo assim vou continuar perguntando: quem cuida de você? Porque, se não tem quem cuide de você, vai ter que ir embora, aqui não se pode admitir carne podre nem gritaria.

MENDIGO — Eu estou gritando?

IMPERADOR — Agora é você quem está perguntando, embora com um certo sarcasmo que não compreendo.

MENDIGO — Sim, isso eu não sei, porém se trata de mim.

IMPERADOR — Não faço caso de você. Mas quem cuida de você?

Mendigo — De vez em quando, um menino, que um anjo fez na mãe dele enquanto ela colhia batatas.

Imperador — Você não tem filhos?

Mendigo — Foram embora.

Imperador — Como o exército do imperador Ta Li, que as areias do deserto engoliram?

Mendigo — Ele atravessava o deserto e os seus homens disseram: é longe demais, volte, Ta Li. E ele respondia cada vez: esta terra precisa ser conquistada. Marchavam todos os dias até gastar os sapatos, então sua pele rachou, e continuaram marchando de joelhos. Uma vez um tufão derrubou um cavalo deles. Ele morreu diante dos olhos de todos, uma vez chegaram a um oásis e disseram: é assim a nossa pátria. Aí o filhinho do imperador caiu numa cisterna e se afogou. Guardaram sete dias de luto, a dor que sentiam era infinita. Uma vez viram os cavalos morrerem. Uma vez as mulheres não puderam mais segui-los. Uma vez chegaram o vento e a areia, e a areia cobriu a todos, e então acabou tudo e voltou o silêncio, e a terra foi deles, e eu esqueci o nome dele.

Imperador — Como é que você sabe disso? Está tudo errado. Foi bem diferente.

Mendigo — Quando ele era tão forte que eu parecia seu filho, fugi, porque não permito que ninguém me domine.

Imperador — De que você está falando?

Mendigo — Passavam nuvens. Perto da meia-noite apareceram estrelas. Depois foi tudo silêncio.

Imperador — As nuvens fazem barulho?

Mendigo — É verdade que morreu muita gente nas cabanas sujas perto do rio que transbordou na semana passada, mas não conseguiram atravessar.

Imperador — Já que sabe tudo isso, você nunca dorme?

MENDIGO — Quando eu me deito em cima das pedras, a criança que acabou de nascer chora. E então sopra um vento novo.

IMPERADOR — Ontem à noite o céu estava estrelado, ninguém morreu perto do rio, não nasceu criança nenhuma, não soprava nenhum vento.

MENDIGO — Então você deve ser cego, surdo e ignorante. Ou é maldade sua.

Pausa.

IMPERADOR — O que você faz o tempo todo? Eu nunca vi você. De que ovo saiu?

MENDIGO — Hoje percebi que este ano o milho está ruim, porque não choveu. Um vento tão escuro e quente sopra dos campos.

IMPERADOR — É verdade. O milho não está bom.

MENDIGO — Assim aconteceu há trinta e oito anos. O milho torrou no sol e, antes que morresse, caiu uma chuva tão forte que apareceram ratos e devastaram todos os outros campos. Depois entraram nos povoados e morderam as pessoas. Este alimento matou os ratos.

IMPERADOR — Nunca soube nada disso. Deve ser também invenção, como todo o resto. A história não fala nada disso.

MENDIGO — Não existe história.

IMPERADOR — E Alexandre? E César? E Napoleão?

MENDIGO — Histórias! Quem é esse tal de Napoleão?

IMPERADOR — Aquele que conquistou metade do mundo e sucumbia pela própria soberba!

MENDIGO — Isso é coisa que só dois podem acreditar: ele e o mundo. É falso. A verdade é que Napoleão era um homem que remava numa galera e tinha uma cabeça tão grande que todos diziam: não podemos remar porque sobra muito pouco espaço para os nossos cotovelos. Quando o barco afundou, porque não remavam, ele encheu a cabeça de ar e se salvou, só ele, e como estava acorrentado, teve que continuar remando, lá de baixo, não via para onde, e todos tinham se afogado. Então, pensando no mundo ele abanou a cabeça, e como era pesada demais, ela se desprendeu.

Imperador — Essa é a maior tolice que escutei na vida. Você me decepcionou muito com essa história. As outras pelo menos estavam bem contadas. Mas que opinião você tem do imperador?

Mendigo — Não existe imperador. Só o povo pensa que existe um, e só um único homem pensa que é o imperador. Quando tiverem construído bastantes carros de guerra e os tambores estiverem treinados, haverá guerra e vão procurar um adversário.

Imperador — Mas agora o imperador derrotou seu adversário.

Mendigo — Matou, não derrotou. O idiota matou o idiota.

Imperador *com esforço* — Era um inimigo forte, acredite.

Mendigo — Um homem bota pedrinhas no meu arroz. É esse o meu inimigo. Ele se vangloriava porque tinha mão forte. Mas morreu de câncer, e quando fecharam o caixão, a mão dele ficou presa e não perceberam quando levaram o caixão, de modo que a mão ficou pendurada, vazia, desamparada, nua.

Imperador — Você nunca se aborrece de ficar deitado assim?

Mendigo — Antes as nuvens passavam no céu, sem parar. É elas que eu contemplo. Não param nunca.

Imperador — Agora não há nuvens no céu. Portanto está delirando. Isso é claro como o sol.

Mendigo — Sol não existe.

Imperador — Você talvez seja até perigoso, paranoico ou louco furioso!

Mendigo — Era um cachorro bom, não um cachorro qualquer. Merecia o melhor. Até me trazia carne, e de noite dormia no meio dos meus trapos. Uma vez houve uma grande gritaria na cidade, todo mundo tinha alguma coisa contra mim, porque não dou nada de importante a ninguém, e até os soldados vieram atrás de mim. Mas o cachorro afugentou todos.

IMPERADOR — Por que me conta isso?

MENDIGO — Porque acho você burro.

IMPERADOR — O que mais pensa de mim?

MENDIGO — Tem uma voz fraca, portanto é medroso; pergunta demais, portanto, é lacaio; procura me preparar armadilhas, portanto não está seguro de si, nem nas coisas mais seguras; você não acredita em mim mas fica me escutando, portanto é um homem fraco; e por fim pensa que o mundo todo gira em torno de você, quando há pessoas muito mais importantes, eu por exemplo. Além disso, você é cego, surdo e ignorante. Os outros defeitos, não conheço ainda.

IMPERADOR — Não é um quadro muito animador. Não vê nenhuma virtude em mim?

MENDIGO — Você fala em voz baixa, portanto é humilde; pergunta muito, portanto tem ânsia de saber; examina tudo, portanto é cético; escuta o que imagina ser mentira, portanto é indulgente; acredita que tudo gira em torno de você, portanto não é pior que todos os outros homens e sua crença não é mais tola que a dos outros. Além disso, ver demasiado não o confundiu; não se preocupa com o que não lhe interessa; não está paralisado pelo saber. As outras virtudes, você deve saber melhor que eu e qualquer outro.

IMPERADOR — Você é espirituoso.

MENDIGO — Toda adulação merece pagamento. Mas agora não vou pagar nada.

IMPERADOR — Eu pago todos os serviços que me fazem.

MENDIGO — Isso é evidente. O fato de esperar aprovação revela a sua alma comum.

IMPERADOR — Não guardo nenhum rancor de você. Isso também é comum?

MENDIGO — É. Porque você não pode me fazer mal.

IMPERADOR — Posso mandar jogar você num calabouço.

MENDIGO — É fresco lá?

IMPERADOR — O sol não entra nunca.

MENDIGO — Sol não existe. Você deve ter memória ruim.

IMPERADOR — Também posso mandar matar você.

MENDIGO — Então já não vai chover na minha cabeça, os insetos vão embora, meu estômago vai me deixar em paz e haverá o maior silêncio que já conheci.

Um mensageiro entra e fala em voz baixa com o imperador.

IMPERADOR — Diga que não demoro muito. *Sai o mensageiro.* Não vou te fazer nada disso. Eu pondero as coisas que faço.

MENDIGO — Não diga isso para ninguém, senão vão tirar conclusões observando os teus atos.

IMPERADOR — Não creio que me desprezem.

MENDIGO — Diante de mim todos se curvam. Mas isso não me impressiona. Só os insistentes me incomodam com suas conversas e perguntas.

IMPERADOR — Eu te incomodo?

MENDIGO — Essa é a pergunta mais boba que você fez hoje. Você não tem vergonha. Não respeita a intangibilidade de um ser humano. Não conhece a solidão, por isso procura a aprovação de um desconhecido como eu. Você depende do respeito de cada homem.

IMPERADOR — Eu domino os homens. Por isso me respeitam!

MENDIGO — A rédea também pensa que domina o cavalo, o bico da andorinha pensa que orienta o seu voo e a ponta da palmeira pensa que arrasta a árvore em direção ao céu!

IMPERADOR — Você é um homem mau. Eu o faria eliminar, se depois não tivesse de pensar que foi por minha vaidade ferida.

O mendigo apanha seu realejo e toca. Um homem passa rapidamente e faz uma reverência.

MENDIGO *guardando o realejo* — Esse homem tem uma mulher que rouba dele. À noite ela se inclina sobre ele para lhe tirar dinheiro. Às vezes ele acorda e a vê inclinada sobre ele. Então pensa que ela o ama tanto, que não pode passar uma noite sem o contemplar. Por isso perdoa os pequenos roubos que descobre.

IMPERADOR — Vai começar outra vez. Nem uma palavra disso é verdade.

MENDIGO — Agora pode ir. Você está ficando vulgar.

IMPERADOR — É inacreditável. *O mendigo toca o realejo.* Terminou a audiência?

MENDIGO — Agora todos veem outra vez o céu mais bonito e a terra mais fértil, por causa desse pouquinho de música, e prolongam sua vida e perdoam a si mesmos e a seus vizinhos, por esse pouquinho de som.

IMPERADOR — Diga-me pelo menos por que não me suporta, mas me contou tanta coisa?

MENDIGO *displicente* — Porque você não foi orgulhoso demais para escutar minha conversa, a única coisa de que eu precisava para esquecer a morte do meu cachorro.

IMPERADOR — Agora eu vou embora. Você estragou o dia mais belo da minha vida. Eu não devia ter parado. Piedade não leva a nada. A única coisa que vale em você é a coragem de falar comigo nestes termos. E foi por isso que fiz todos esperarem!

Parte escoltado pelos soldados. Novamente repicam os sinos.

MENDIGO *percebe-se que é cego* — Agora ele foi embora. Deve ser de manhã, pois o ar está tão quente. O garoto hoje não vem. Há festa na cidade. Aquele idiota também foi para lá. Agora tenho que pensar outra vez no meu cachorro.

Ele expulsa um diabo

Er treibt einen Teufel aus
Escrito em 1919
Estreia: 3 de outubro de 1975, em Basel

Tradução: Erlon José Paschoal

Personagens

A garota
O rapaz
A mãe
O pai
O pastor
O guarda-noturno
O professor
O prefeito
Aldeões

Moradia rural com um enorme telhado de telhas vermelhas. Em frente à casa, um banco. À noite, em agosto.

1

O rapaz e a garota sentados no banco.

RAPAZ — Que noite, linda!

GAROTA — No Boi Vermelho tem baile hoje. Está escutando a música?

RAPAZ — Sim, são dois instrumentos de sopro!

GAROTA — Minha mãe não me deixa ir lá.

RAPAZ — Por que não?

GAROTA — Ela acha que é perigoso.

RAPAZ — É, todo cuidado é pouco.

GAROTA — Daqui está dando para ouvir a música. É o vento.

RAPAZ — É possível que caia um temporal. Estava tão quente hoje.

GAROTA — Acho que as estrelas vão aparecer logo. Aí preciso ir cuidar das vacas.

RAPAZ — As vacas é que têm sorte.

GAROTA — Por quê?

RAPAZ — Porque você tem de cuidar delas.

GAROTA — E daí?

RAPAZ — Comigo você não faz isso!

GAROTA — Porque não sou obrigada.

RAPAZ — Porque não quer.

GAROTA — Não acho que vai cair um temporal.

RAPAZ — Senão você terá que sair da cama.

GAROTA — Para a sala. Onde minha mãe fica rezando.

RAPAZ — Em vez de rezar na cama.

GAROTA — Bem, agora vou ter que cuidar das vacas.

Rapaz — Ainda não estou vendo nenhuma estrela.

Garota — É, estou notando.

Pausa.

Rapaz — O que significa isso?

Garota — Uma coisa.

Rapaz — Mas você tem que me dizer.

Garota — Tenho nada.

Rapaz — Vai dizer ou não?

Garota — Não, se você for tão bobo!

Rapaz — Então vou te castigar!

Garota — Não me faça rir!

Rapaz *tentando beijá-la* — Bem, agora pode rir!

Garota — Você nem encostou na minha boca!

Rapaz — Está sonhando!

Garota — Ou é você que está sonhando que encostou nela?

Rapaz — Você mesma sabe.

Garota — Está muito escuro para você?

Rapaz — Sim, me dá medo.

Garota — Tire seu braço daí! Me incomoda.

Rapaz — É o *seu* braço!

Garota — Estou falando desse braço aí!

Rapaz — Ele é seu, de presente!

Garota — Agora vou cuidar das vacas.

Rapaz — Você também tem pés?

Garota — E depois vou para a cama.

Rapaz — Com os pés?

Garota — Será que isso também significa alguma coisa?

Rapaz — O quê?

Garota — Essa besteira que você está falando!

Rapaz — Não estou mais pensando tanto. As estrelas já estão aparecendo.

Garota — Você também vai cuidar das vacas?

Rapaz — Batendo outra vez na mesma tecla?

Garota — Não gosta da música quando bato nessa tecla?

Rapaz — Não estou entendendo mais nada hoje.

Garota — Ficou totalmente por fora.

Rapaz — Eu estava dentro?

Garota — Agora complicou tudo!

Rapaz — Eu não disse nada.

Garota — Você acha que foi inteligente?

Rapaz — Então vou bater noutra tecla.

Garota — É bom mesmo, porque minha mãe já vem vindo.

2

Chega a mãe.

Mãe — Deus esteja convosco, Jakob!

Rapaz — Boa noite.

Mãe — Cuidou das vacas?

Garota — Ainda tem tempo.

Mãe — Ou melhor: o seu tempo já acabou.

Garota — Ah, mas por quê? *Levanta.*

Rapaz — E nós, como sempre, falando das vacas.

Mãe — Ah, é porque ela gosta muito delas.

Rapaz — Ela disse que precisa cuidar das vacas.

Mãe — Mas não vai.

Rapaz — Com as garotas é sempre assim!

Garota — E você tem uma enorme experiência!

RAPAZ — Isso logo se vê!

MÃE — Não se fica tanto tempo assim fora de casa.

GAROTA — Trabalhei o dia inteiro.

RAPAZ — Sim, nisso ela tem razão.

MÃE — Então vocês estão se ajudando.

RAPAZ — Porque ela tem razão.

MÃE — Daqui a pouco os sinos vão dar o ângelus.

GAROTA — Até lá posso ficar aqui fora, não é?

MÃE — Mas nessa hora, a gente tem de estar em casa.

RAPAZ — Por que agora?

MÃE — Porque fica bem.

RAPAZ — Mas se aqui fora está mais bonito...

MÃE — Por isso mesmo, a gente tem de entrar.

GAROTA — É, aqui fora é perigoso!

MÃE — O que é que você sabe? Não diga bobagem! Você não sabe nada!

RAPAZ — Mas naquilo ela tem razão.

MÃE — Outra vez?

RAPAZ — Isso acontece.

MÃE — Acontece coisa nenhuma. Vá já cuidar das vacas.

GAROTA — É muito cedo!

MÃE — Que muito cedo, que nada! Já está bem escuro.

RAPAZ — Mas ainda dá para ver as pessoas.

MÃE — Só que não dá mais para ver as vacas.

GAROTA — Mas o boi sim.

MÃE — Não leve isso a sério, Jakob. Ela ainda é jovem.

RAPAZ — Nessa idade elas são assim mesmo.

GAROTA — Como você é inteligente!

VOZ DO PAI — Mulher!

MÃE — Está me chamando! Agora temos que entrar. Boa noite, Jakob!

RAPAZ — Boa noite! Será que ela pode ficar mais um pouquinho?

Garota — Não, já vou.

Rapaz — Só até ver as estrelas?

Mãe — Já. Vá cuidar das vacas! *Entra.*

Rapaz — Por que você não quer ficar?

Garota — Porque não quero.

Rapaz — Ela teria dito que sim.

Garota — Mas foi só porque eu não quis.

Rapaz — Só por isso você não quis?

Garota — Isso é o que você acha!

Rapaz — Não acho nada disso!

Garota — Já vou.

Rapaz — Senão você apanha!

Garota — Então você anda escutando?

Rapaz — Sim, e ouvi os tapas.

Garota — Ora, tenha vergonha!

Rapaz — Tenho de sobra.

Garota — Você não está falando sério.

Rapaz — Mas você bem que gosta disso.

Garota — Que coisas você imagina!

Rapaz — Por que eles sempre são contra?

Garota — O quê?

Rapaz — Que a gente fique junto.

Garota — Não seja assim!

Rapaz — Você vê alguma coisa demais nisso?

Garota — Eu? Nada.

Rapaz — Está vendo!

Garota — Mas os meus pais!

Rapaz — O que é que tem?

Garota — Eles não nos conhecem.

Rapaz — Mas você se conhece?

Garota — Conheço. E conheço você também.

RAPAZ — Então você conhece gente muito fina.

GAROTA — Já vou entrar.

RAPAZ — Está cansada?

GAROTA — Pode acreditar!

RAPAZ — Então carrego você para dentro!

GAROTA — Você cairia.

RAPAZ *segurando-a* — Estou caindo?

GAROTA — Não. Agora largue! Se alguém nos vê.

RAPAZ — É, aqui podem nos ver.

GAROTA — Largue de uma vez!

RAPAZ — Só se você me der um beijo!

GAROTA — Minha mãe!

Rapaz — Não quer. *Solta-a.*

GAROTA — Isso não foi nada bonito.

RAPAZ — Claro que foi. Você sabe beijar bem.

GAROTA — Mas também vou embora agora mesmo.

Rapaz — Agora pode ir.

GAROTA — Agora, depois de matar sua vontade!

RAPAZ — Então é melhor eu ficar?

GAROTA — Eu não disse isso!

RAPAZ — Já dá para ver as estrelas!

GAROTA — Agora vou cuidar das vacas.

RAPAZ — Hoje não vamos ter temporal.

GAROTA — Isso é ruim para você?

RAPAZ — Sim. A sua parede tem uma rachadura.

GAROTA — E daí?

RAPAZ — Nada. Pelo contrário.

GAROTA — Está falando besteira!

RAPAZ — Se caísse um temporal!

GAROTA — O que é que tem isso?

Rapaz — Aí dá para ver você!

Garota — Agora não?

Rapaz — Mas não de camisola!

Garota — E se vê isso num temporal?

Rapaz — Sim, durante a reza!

Garota — Você já viu?

Rapaz — Você bem que gostaria de saber!

Garota — Você não viu nada!

Rapaz — Não, não dá para ver nada. Só que a sua camisola está remendada, aqui em cima à direita.

Garota — Não é verdade.

Rapaz — Quer que eu mostre?

Garota — O que mais você sabe?

Rapaz — Você não dorme por cima do estábulo?

Garota — Isso você viu também pela rachadura?

Rapaz — Não fazia muito tempo você dormia no sótão!

Garota — Como sabe tudo isso?

Rapaz — Já vi moças mais feias.

Garota — Não diga bobagem!

Rapaz — Bem mais feias!

Garota — E você viu?

Rapaz — Você não é a mais feia!

Garota — E você está se vangloriando!

Rapaz — Sim, estou me vangloriando. Mas de frente você é bem-feitinha.

Garota — Que vergonha, você é indecente!

Rapaz — É indecente ser bem-feita de frente e não como uma tábua?

Pai *grita de casa* — Anna!

Garota assusta-se.

Rapaz abraça o corpo dela, espreitam.

GAROTA — Me solte outra vez. Estou assustada.

RAPAZ — Você poderia se assustar de novo.

GAROTA — Agora preciso entrar. Não tenho mais desculpa.

RAPAZ — Só porque já dá para ver as estrelas?

GAROTA — É, e também porque ele está chamando.

RAPAZ — Se você puser a cabeça aqui, não vai ver as estrelas.

GAROTA — Não vou botar meu rosto aí.

RAPAZ — Por quê? Morde?

GAROTA — Mas tiro bem depressa.

RAPAZ — Pode, claro.

GAROTA — Com certeza vão nos ver.

RAPAZ — Já está bem escuro.

GAROTA — Mas você tem que tirar a mão.

Rapaz — Qual?

GAROTA — Essa e essa. Não, assim não dá.

RAPAZ — Você está vendo que dá.

GAROTA — Não, agora preciso entrar.

RAPAZ — Você tem um corpo tão fofinho.

GAROTA — Está me machucando!

RAPAZ — Você está me vendo?

GAROTA — Se levanto os olhos!

RAPAZ — Então, está de olhos fechados?

GAROTA — Me deixe!

RAPAZ — Isso também te machuca?

GAROTA — Ora, me deixe! Não!

RAPAZ — Você está tão quente.

GAROTA — E suas mãos estão frias.

RAPAZ — Logo vão ficar quentes.

GAROTA — Cuidado! *Afastam-se um do outro.*

RAPAZ — Droga! *Vão para atrás da casa.*

3

Chega o pai.

PAI — O que está havendo agora com você, Anna?

GAROTA — Ah, é você, pai?

PAI — O que anda fazendo?

GAROTA — Nada. Estou sentada aqui um pouquinho.

PAI — Ah, você está sentada aqui um pouquinho.

GAROTA — Sim, estou cansada.

PAI — E completamente sozinha?

GAROTA — Claro. Ninguém vem a nossa casa.

PAI — Ah é? Não vem ninguém?

GAROTA — É para cuidar das vacas agora?

PAI — Sim — Santo Deus —, é para cuidar das vacas agora! *Bate nela.* Vou te ensinar a ficar à noite se enroscando com rapazes e estragando sua boa reputação!

Garota afasta-se chorando.
Pai atrás dela; saem.

RAPAZ — Ih, agora ela levou! Agora aprendeu. Então vamos ao próximo passo. *Sai. Os sinos tocam o ângelus.*

4

Luz de vela na sala.

MÃE *mete a cabeça pela janela* — Está uma noite linda! Até aqui sinto o cheiro do trigo no vale. O vento está bem agradável. *Afastando-se.* Um dia como o de hoje não é fácil. A noite me alegra. *A cabeça desaparece da janela. A luz se apaga. Vê-se a constelação de Cassiopeia acima do telhado.*

5

O rapaz chega com uma escada. Entra silenciosamente.

RAPAZ — A luz se apagou. Bem, vamos em frente. Vou consolá-la. Com choro é que é bom. Aí a coisa vai em frente. Os velhos têm toda razão. *Coloca a escada, no lado esquerdo, encostada a uma parede invisível na parte da frente da casa.* Aqui fora seríamos vistos. Mas assim, eles não precisam se preocupar. *Sobe. Em cima.* Ei! O que está acontecendo?

VOZ DA GAROTA — Pelo amor de Deus! Se alguém te ver!

VOZ DO RAPAZ — Então abra bem a janela!

VOZ DA GAROTA — Mas você não pode entrar de jeito nenhum!

VOZ DO RAPAZ — Foi seu velho quem disse isso?

VOZ DA GAROTA — Você é tão atrevido.

VOZ DO RAPAZ — Bem, agora ninguém mais me vê.

Silêncio. Vento. Uma cama rangendo.

6

Chega o pai, do fundo à direita. Espreita.

PAI — Que confusão desgraçada! No meio da noite! *Vê a escada.* Aha! Que belo serviço! *Tira a escada.* Agora vai ter. *Vai buscar um cacete. Volta novamente. Sai pela direita. Ouvem-se passos na escada e um grito agudo. Barulho.*

VOZ DO PAI — ABRA! Que diabo! Bela porcaria!

7

O rapaz e a garota saem por uma fresta no telhado e fecham a janelinha novamente.

RAPAZ — Psiu!
GAROTA — Ele vai me matar de pancada!
RAPAZ — Cale a boca!

Pausa.

GAROTA — Ele vai nos achar!
RAPAZ — Se você não ficar quieta!

Ouve-se alguém arrombar a porta.

GAROTA — Ele está arrombando a porta!
RAPAZ — Ele vai nos escutar, que diabo!
GAROTA — Está nos procurando, agora está descendo. O que será que ele está pensando?
RAPAZ — Agora ele volta para a cama.
GAROTA — Tirou a escada. Não está indo para a cama.
RAPAZ — Está procurando você, só isso.
GAROTA — Porque vim junto com você!
RAPAZ — Podia ter ficado quieta.
GAROTA — Aí não teria acontecido nada!
RAPAZ — A coisa vai esquentar.
GAROTA — Não é melhor eu ir lá para baixo?
RAPAZ — Sozinho é muito chato.
GAROTA — E se ele perguntar onde eu estava?
RAPAZ — Na privada!
GAROTA — Não devia ter deixado você entrar!
RAPAZ — Pare já com isso! Deu tudo errado mesmo. Antes estava tão bom.

Garota — Ele vai me botar para fora.

Rapaz — Não vai fazer isso. Senão lá se vai a reputação. Mas vão caçoar de mim!

Garota — Você só pensa em si mesmo!

Rapaz — Se você não tivesse pendurado suas camisolas no pátio para secar!

Garota — Mas você não ficou olhando pela rachadura?

Rapaz — Você não disse agora que ia descer?

Garota — Quer me ver longe daqui? Estou com medo!

Rapaz — É. E aqui dá para ver as estrelas. Quieta!

8

Chega o pai resmungando. Olha para esquerda, em cima.

Pai — Anna! Se eu acordar minha mulher, a vila inteira vai saber. Ela não pode ter saído. Que diabo, por que outro motivo ele iria subir? E eu estava no corredor! *Sai resmungando pela direita.*

Rapaz — Vamos, depressa!

Garota — Então, agora meu corpo não é mais tão fofinho?

Rapaz — É melhor pensar só em descer daqui. Senão vai chover pancada!

Garota — Ah, se não tivesse subido!

Rapaz — É o que também desejo!

Garota tentando atingir a fresta.

Rapaz — Pare, vem vindo alguém! Se não ficar quieta arrebento seus dentes!

Garota — O pastor!

9

O pastor e o guarda-noturno.

Pastor — Quem você já viu hoje?

Guarda — Ninguém ainda. Não dá para olhar dentro das casas.

Pastor — É verdade. Por isso elas são lugares de perdição!

Guarda — Sim, lá se faz mais crianças do que em qualquer outro lugar.

Pastor — Está uma bela noite. Eu ainda fui dar um passeio. Aqui fora está mais bonito. Em casa está abafado.

Guarda — Primeiro pensei que vinha um temporal. Mas agora ficou muito bonito.

Pastor — O vento empurrou as nuvens. Está claro também.

Guarda — A cada minuto fica mais claro. São as estrelas.

Pastor — Ali está a constelação de Cassiopeia! Como um grande W. Está vendo?

Guarda — Estou. Que maravilha!

Pastor — Mas o que está olhando? É ali ó!

Guarda — Senhor pastor!

Pastor — Sim, o que foi?

Guarda — Ali em cima, tem alguém!

Pastor — Onde?

Guarda — No telhado da casa do Frick!

Pastor — Realmente! E são dois!

Guarda — Por que não chegamos mais perto?

Aproximam-se.

Pastor — São de sexos diferentes! Que escândalo.

Guarda — Isso é novidade.

Pastor — Agora sobem até nos telhados!

GUARDA — Talvez achem muito abafado lá dentro.

PASTOR — Mas é a Anna!

GUARDA — Ou então também querem ver a constelação de Cassiopeia!

PASTOR — Não faça piadas! Isso é terrível! Ei, quem está aí em cima?

Silêncio.

GUARDA — Acham que se não disserem nada a gente não os vê. Ou talvez não saibam o que dizer.

PASTOR — É a Anna, com certeza! Estão ouvindo, vocês aí no telhado?

VOZ DO PROFESSOR — O que está acontecendo?

PASTOR — Venha ver! É uma vergonha!

O PROFESSOR *chegando com o prefeito* — Que aconteceu? Vamos jogar cartas?

PASTOR — Olhe para o telhado!

PROFESSOR — Puxa vida! Dali eles têm uma visão lindíssima!

PREFEITO — Agora — aí tem coisa! O que estão fazendo ali em cima?

GUARDA — Vai ver, estavam esperando por nós. Ouvir eles não ouvem!

PASTOR — Acorde o Frick!

PROFESSOR — Para que ele também veja!

PREFEITO — O novo cata-vento!

GUARDA — O ninho de cegonha! *Bate à porta.*

ALDEÕES *chegando.* — Deus esteja convosco, senhor pastor! Ali no telhado da casa do Frick! — Que coisa espantosa! — Não estão ouvindo nada! — Estão bem no alto!

Gargalhadas.

PAI *saindo de casa* — O que está acontecendo? Algum incêndio?

Aldeões riem estrondosamente.

Professor — Não. Nenhum incêndio.
Pai — Então, o que foi?

Gargalhadas.

Prefeito — Nada. Estamos só nos divertindo.
Pai — Diabos! Falem de uma vez!

Gargalhadas.

Pastor — É um pecado como o senhor dirige a sua casa!
Pai — Não estou entendendo!

Gargalhadas.

Guarda — O diabo carregou sua filha!
Pai — Bom, mas onde é que está ela, em nome do diabo!
Guarda — Sentada com ele no seu telhado!

Uma tremenda gargalhada.

Luz nas trevas

Lux in Tenebris
Escrito em 1919
Estreia: 12 de junho de 1969, em Essen

Tradução: Geir Campos

Personagens

Paduk
Dois homens
Três mulheres
Repórter
Visitantes
Capelão
Senhora Hogge
Capelão
Um outro homem
Ajudante
As meninas da senhora Hogge

Uma rua na zona de meretrício. À direita e ao fundo, prostíbulos de portas abertas com vidraças vermelhas e lanternas vermelhas em cima; é um dos lados de uma rua que sobe para o fundo e dobra em ângulo reto para a esquerda. À esquerda, uma grande barraca de lona, tendo na parte da frente uma abertura de entrada que se pode fechar com uma cortina ondulante. À direita dessa entrada, uma mesa e uma cadeira. Rodeando a barraca, a certa distância, uma cerca de tábuas. Encimando a barraca, uma grande tabuleta em que se lê: "Faça-se a luz!" "Para o esclarecimento do povo". Do alto da barraca, uma luz branca e forte ilumina a rua toda.

1

Diante da mesa ao ar livre está sentado Paduk, um homem de cabelo ruivo, cuidando da caixa. Pessoas compram ingressos.

PADUK *anunciando* — Gonorreia, um marco! Cancro mole, um marco e sessenta! Sífilis, dois marcos e cinquenta! Por favor, não empurrem!

UM HOMEM — É agora a conferência?

PADUK — Daqui a três minutos.

UMA MULHER — É de cera?

PADUK — Quarenta centavos de troco, aqui: e a sífilis, não quer ver?

A MULHER — É de cera ou...

PADUK — Cera e preparados à base de álcool.

A MULHER — Então, eu quero a sífilis também!

PADUK — Dois marcos e cinquenta.

O HOMEM — Gonorreia!

PADUK — Aqui! Está certo.

UMA MULHER — Sífilis, para mim! Só a sífilis, mais nada! É o mais horrível, não é?

PADUK — Sífilis só, não pode: a conferência começa com a gonorreia. Vai a gonorreia?

UMA MULHER *na fila* — Minha irmã ficou tão nervosa que passou uma noite inteira sem dormir.

UMA OUTRA MULHER — Eu disse cá comigo: qualquer dia eu também vou dar uma espiada... Às quintas-feiras eu costumo ir ao cinema.

A PRIMEIRA MULHER — Só a gente poder ver esta rua já vale o dinheiro empatado.

PADUK — Adiante! Facilitem o troco, por favor! Gonorreia, um marco. Cancro mole, um marco e sessenta. Sífilis, dois marcos e cinquenta.

UM HOMEM — Gonorreia!

PADUK — É um marco! Aqui só tem cinquenta centavos.

O HOMEM — Mais do que isso, eu não dou.

PADUK — Então não entra. Não atrapalhe!

O HOMEM — Isso é o que vamos ver: então, só porque eu só tenho cinquenta centavos, vou ficar exposto às piores doenças?

PADUK *ao seguinte* — Sífilis, dois marcos e cinquenta. Confere.

O HOMEM — E eu, não recebo ingresso?

PADUK — Só pagando!

O HOMEM — E a minha saúde? E minha mulher? Meus filhos?

PADUK — E as minhas instalações? E as minhas despesas? E os impostos? E a conferência?... Dê o fora, logo, antes que eu chame a polícia! *O homem sai pela direita, praguejando.*

UMA MULHER — Esse aí deve ter bebido um bocado!

A SEGUNDA MULHER — Aonde será que ele vai agora?

A TERCEIRA MULHER — Estava com cara de quem ia se vingar.

A PRIMEIRA MULHER — É o que parece: ele está indo para lá!

O HOMEM *entrando num prostíbulo à direita* — Cambada de porcos!

PADUK — Só tem cinquenta centavos? Divirta-se!... Gonorreia, um marco! Bem, a conferência vai começar agora. Os senhores que não puderem entrar desta vez, façam o favor de aguardar meia hora. A casa funciona a noite toda. *Levanta-se e fecha a cortina. Algumas pessoas, à esquerda, ficam aguardando a vez; a eles vão juntar-se outras, recém-chegadas. Ouve-se uma voz ininteligível, falando monotamente no interior da barraca.*

2

Diante da barraca...

REPÓRTER *a Paduk* — Meu nome é Schmidt. Eu sou repórter do jornal *Últimas Notícias*. O senhor tem um tempinho para mim?

PADUK — É jornalista, o senhor? Estou às suas ordens.

REPÓRTER — O senhor deve ter uma grande afluência de público, aqui.

PADUK — A casa vive lotada!

REPÓRTER — Isso é bom, muito bom.

PADUK — Sem a menor dúvida.

REPÓRTER — Quero dizer: considerando a elevada finalidade...

PADUK — Foi justamente o que eu também quis dizer.

REPÓRTER — Mas o que é que o senhor expõe, exatamente?

PADUK — Na minha instituição, o senhor pode ver os efeitos devastadores das doenças venéreas. É uma advertência contra a prostituição que infesta a nossa sociedade. É um brado de alarma aos contaminados a fim de que se tratem antes que o mal lhes destrua o corpo e o espírito!

REPÓRTER — Isto é propaganda para um determinado médico?

PADUK — Como pode pensar numa coisa dessas, cavalheiro? É pura filantropia, no mais elevado sentido! Pense nos milhares de pessoas que sofrem por causa disso! *O repórter vai tomando notas.* Pense nos milhares de vítimas da prostituição que, cedendo a uma tentação momentânea, provocada talvez pela bebida, vão cair vacilantes nos braços dessas mulheres cheias de doenças!

REPÓRTER — Já estou começando a compreender: o senhor é um idealista. Como lhe ocorreu essa ideia de trabalhar assim em benefício dos seus semelhantes?

PADUK — Eu estudei, durante muitos anos, os vícios das cidades grandes. Vi como os vícios solapam a alma e aniquilam o corpo das pessoas. Observei que as bebidas alcoólicas são meras precursoras da prostituição e da criminalidade...

REPÓRTER — Da criminalidade! O senhor fala uma excelente linguagem, sabia? Chega a dar a impressão de que trabalhou muito tempo em redação de jornal. Fez estudos de nível superior?

PADUK — Eu frequentei só a escola primária. Meus pais eram pobres e não tinham dinheiro para fazer de mim um homem de profissão lucrativa.

REPÓRTER — Como se expressa bem! Posso pedir que me conte alguma coisa da sua juventude e da sua carreira? Tendo em vista o grande interesse despertado por esta sua iniciativa...

PADUK — Minha carreira não tem segredos para a opinião pública: sou um homem que gosta de tudo às claras! Sou também um homem que me fiz por mim mesmo. Meu pai era um simples dono de armazém, que a bebida levou à miséria. Minha mãe foi doente a vida toda. Minha infância foi um rosário de misérias, privações e humilhações.

REPÓRTER — E foi através delas que o senhor chegou precocemente ao profundo conhecimento das mazelas sociais, não foi?

PADUK — Foi, foi através delas.

REPÓRTER — E como fonte de todos os males, o senhor identificou a prostituição?

PADUK — Exatamente!

REPÓRTER — E foi por isso, com certeza, que escolheu logo essa rua?

PADUK — Claro: o inimigo deve ser combatido no próprio lugar onde atua! É preciso induzir os frequentadores desses malditos antros do vício a observarem as consequências desse vício! E não descansarei enquanto o derradeiro desses infelizes não voltar as costas a esses focos de degradação.

REPÓRTER — É realmente um prazer ouvir o senhor falar. Sua exposição só fica aberta durante a noite?

PADUK — Só, pelos mesmos motivos.

REPÓRTER — E o senhor sacrifica o seu repouso noturno?

PADUK — Estou acostumado.

REPÓRTER — Posso perguntar quais foram os caminhos que o levaram justamente a essa forma de luta extremamente requintada? Eu imagino que uma ideia dessas só poderia ser fruto de um ódio diabólico.

PADUK — Que quer dizer com isso?

REPÓRTER — Foram leituras que o senhor fez, ou seguiu algum modelo? Neste caso, qual? Ou terá sido uma *experiência*, digamos, uma súbita iluminação.

PADUK — Pode-se dizer que foi uma luz repentina.

REPÓRTER — Que espécie de luz?

PADUK — Eu vi: nesta zona ainda se tira o dinheiro das pessoas, para lhes tirar a saúde. Tão melhor seria se, pelo dinheiro que gastam, pudessem ter ao menos a possibilidade de conservarem a saúde!

REPÓRTER — Então foi, antes de mais nada, uma preocupação de ordem pecuniária...

PADUK *estacando* — Não! Mas que ideia, a sua! Foi uma preocupação de ordem moral, naturalmente. Eu disse comigo mesmo: o que leva esses pobres homens à ruína é a ignorância, o desconhecimento dos perigos a que se expõem! É urgente que saibam o que são essas mansões do prazer comerciado: com isso, os bordéis vão à falência e os homens estão salvos!

Repórter — Mas o senhor cobra ingressos: é por alguma preocupação de ordem pedagógica?

Paduk — Claro que é: as pessoas não dão valor às coisas pelas quais não têm de pagar. Na minha instituição, a sífilis custa dois marcos e cinquenta; no bordel, custa no mínimo cinco marcos, sem direito a vinho!

Repórter *gracejando* — É, mas a sífilis do bordel é legítima...

Paduk — Com estas coisas não se brinca, cavalheiro!

Repórter — Me desculpe! E qual tem sido o efeito das suas conferências?

Paduk — Lotações esgotadas, todas as noites.

Repórter — Refiro-me ao efeito sobre o público.

Paduk — O melhor possível: alguns chegam a desmaiar ou a vomitar.

Repórter — Interessante!

Paduk — E não é só: aqueles pardieiro ali estão vazios, para alugar.

Repórter — Como é que o senhor sabe?

Paduk — Com esta luz, a gente vê qualquer freguês; e não há mais nenhum freguês à vista. Também fala o silêncio do piano: quando entra alguém para ser seduzido, ouve-se logo o piano tocar...

Repórter — É uma forma genial de controlar o seu sucesso: uma ideia realmente extraordinária! Mas deve ter custado ao senhor muitos esforços, até chegar a este resultado...

Paduk — Como tudo que é novo! Tive problemas com a municipalidade, principalmente por causa do movimento noturno.

Repórter — Mas a municipalidade, afinal, pôs o terreno à sua disposição, não pôs?

Paduk — Isso, pôs.

Repórter — E enquanto isso, o senhor recebia o dinheiro de benfeitores particulares e anônimos, para manter a barraca, não era assim?

Paduk — Exatamente. Mas agora, se me dá licença, a entrevista terminou.

Repórter — Já tenho dados suficientes. Fico-lhe muito agradecido. A matéria vai sair no jornal. Eu adoro os jornais!

Paduk — Foi um prazer. Não quer entrar, para a próxima conferência?

Repórter — Não sou muito chegado a conferências...

Paduk — Mas talvez o senhor possa esperar a próxima sessão: eu vou fazer um pequeno discurso.

Repórter — Ah, sim, muito obrigado! Não quero perder suas palavras. O senhor fala muitíssimo bem!

3

Da porta da barraca saem visitantes que se dispersam.

Visitantes — Cheguei a me sentir mal! — Eu até vomitei; ainda bem que haviam colocado uns baldes. — Uma coisa eu posso dizer: o nojo que a gene sente é igualzinho ao de quem sai de um bordel!

Um homem *que aguardava fora, em pé* — Vale mesmo a pena?

Um dos visitantes — Ora, se vale! Eu recomendo especialmente a seção de sífilis: tem coisas do arco da velha!

Capelão *aproximando-se de Paduk* — Permita que eu me apresente: meu nome é Benkler, eu sou capelão e presidente da Associação dos Moços Católicos Independentes. Não nos desagradaria visitar sua instituição...

Paduk — Pois não: qualquer pessoa pode entrar!

Capelão *atrás do qual aparecerem os moços* — Gostaria de saber se o senhor faz um abatimento.

Paduk — Normalmente, não. Mas o senhor diz que é da Associação dos Moços?

CAPELÃO — Aqui estão os moços!

PADUK — Católicos?

CAPELÃO — Católicos Independentes!

PADUK — Neste caso, vamos abrir uma exceção. Quantos são?

CAPELÃO — Infelizmente só veio a metade: setenta e três, ao todo.

PADUK — Então é melhor comprar a lotação completa da conferência: custa cem marcos.

CAPELÃO — Com direito a todas as seções?

PADUK — Todas: gonorreia, cancro mole, sífilis...

CAPELÃO — Aqui tem os cem marcos.

PADUK — Mas cantoria não é permitida!

CAPELÃO — Compreendo.

PADUK *em tom ladino* — Seria uma violação do silêncio noturno.

CAPELÃO — Como assim? Não há residências, por aqui...

PADUK — E aquela casa, ali em frente? Acho que agora dorme gente ali, depois que eu vim para cá.

CAPELÃO — Ah, muito bem: então não vamos cantar.

PADUK — Espero que o senhor me recomende a outras entidades. *Conduz para dentro da barraca os moços da Associação, e torna a sair.* Os senhores que não entraram desta vez vão ter a paciência de aguardar uns quinze minutos: é só um quartinho de hora! *Ao repórter*: E o senhor talvez possa dar uma passadinha por aqui, amanhã à noite.

REPÓRTER — Aceito, sim. E muito obrigado! *Sai.*

PADUK, *sozinho* — Este lugar está ficando cada vez mais sossegado; depois da meia-noite não aparece ninguém por aqui. Que amolação, ter de ficar com a barraca aberta! Tudo por causa da luz... *Olha para o alto da barraca.* A claridade é excelente! *Vai até a cerca.* Silêncio total! Bancarrota! O leito secou! O rio foi desviado! Como estão quietos: eu só quero ver quando é que vão poder voltar a tocar piano por aqui!

4

Sob a porta vermelha, à direita, aparece a senhora Hogge.

SENHORA HOGGE — Paduk!

PADUK — Que é?

SENHORA HOGGE *saindo para o meio da rua* — Tem um tempinho para mim?

PADUK — Tenho. Está na hora da conferência.

SENHORA HOGGE — E o seu negócio, como vai? Dando bons lucros?

PADUK — Casas lotadas!

SENHORA HOGGE — Paduk!

PADUK — "Senhor" Paduk!

SENHORA HOGGE — Desculpe, senhor Paduk: pensei que entre velhos conhecidos...

PADUK *resmungando* — Não estou lembrado.

SENHORA HOGGE — Um freguês antigo como o senhor...

PADUK *olhando em redor* — Que quer de mim, afinal? Será que não tem mais nada a fazer?

SENHORA HOGGE — Hoje é dia de faxina em casa. E eu queria pedir desculpas pelo mal-entendido que houve com o senhor em nosso estabelecimento.

PADUK *friamente* — Ora, não há o que desculpar.

SENHORA HOGGE — O mau tratamento que lhe foi dispensado.

PADUK — Muito me honra!

SENHORA HOGGE — Numa casa de grande movimento, como a nossa, uma coisa dessas não pode acontecer.

PADUK — O movimento ainda continua tão grande assim?

SENHORA HOGGE — Agora o senhor vem com ironia...

PADUK — Pensei que lhe fazia um favor, diminuindo um pouco o movimento para a senhora poder tratar melhor os fregueses da sua casa.

SENHORA HOGGE — Mas o senhor estava mesmo sem dinheiro!

PADUK — Estava mesmo. E foi então que pensei: preciso ganhar algum!

SENHORA HOGGE — Mas esse dinheiro é nosso!

PADUK — Ganho de forma honesta.

SENHORA HOGGE — Honesta como? O senhor está nos tirando o pão da boca!

PADUK — A senhora ainda tem o vinho, que agora é a única coisa que lhe resta.

SENHORA HOGGE — E as coitadas das minhas meninas?

PADUK — Só são coitadas porque são suas meninas.

SENHORA HOGGE — O senhor está tornando as coisas realmente difíceis para uma mulher da minha idade. Digo, com toda franqueza: lamento muito que o senhor tenha sido posto para fora da nossa casa!

PADUK — Eu também já lamentei muito. Mas, ao contrário da senhora, decidi fazer alguma coisa por mim.

SENHORA HOGGE — O senhor era um dos nossos melhores clientes.

PADUK — E mesmo assim fui posto no olho da rua, quando uma vez fiquei sem dinheiro.

SENHORA HOGGE — Mas agora me diga de uma vez: para que essa história toda? Para que expor essas indecências? Como se com isso as pessoas fossem tornar-se melhores!

PADUK — A senhora sabe muito bem que a questão não é essa: eu só pensei numa forma de iluminar esta ruazinha, num jeito de lançar alguma luz sobre a sua vergonhosa profissão!

SENHORA HOGGE — Então foi pura vingança, e para o senhor tratava-se apenas de arranjar onde acender um refletor? *Olha para o alto.* E para isso precisava dessa fita toda: os abaixo-assinados, os beneméritos, a barraca? Só por causa de um refletor?

PADUK — Só por isso, minha senhora: eu não podia me plantar aqui, de graça, com uma lanterna acesa na mão. E só por causa da senhora! Esse era um luxo que eu também não me podia dar. Foi a senhora mesma quem me chamou a atenção para a necessidade que a gente tem de dinheiro!

SENHORA HOGGE — O senhor é muito maldoso!

PADUK — A senhora me supervaloriza. Não foi mais do que uma boa ideia, que beneficiou centenas de pessoas.

SENHORA HOGGE — Foi, sim! Conhecemos bem o senhor.

PADUK — Afinal consegui merecer a sua atenção...

SENHORA HOGGE — Aproveitar-se das pobres meninas, sem querer pagar e pronto a fazer escândalo, a ponto de elas virem a mim, seminuas e em prantos, desesperadas... E logo quem: o pior de todos, um pulha! Um pulha que expulsamos de nossa casa e pusemos no olho da rua!

PADUK — Mas ressuscitou dentre os mortos, no terceiro dia subiu aos céus, e hoje é fundador de uma instituição beneficente: um paladino da moral! Um capitalista!

SENHORA HOGGE — Um safado! Um canalha! Um miserável! Patife! *Sai pela direita e entra num dos prostíbulos.*

5

PADUK *voltando à mesa* — Gentinha! Bando de ignorantes! Só porque desta vez foi a mim que a Associação de Moços houve por bem honrar com uma visita. Invejosas!

UM OUTRO HOMEM *um dos que ficaram de pé, à espera, vindo agora da esquerda* — O que é que o senhor tem a ver com aquela criatura?

PADUK — É da sua conta?

O HOMEM — Eu sou um funcionário público. O que o senhor estava discutindo com ela talvez seja do meu interesse.

PADUK — Ofensas de uma criatura vulgar, a que nós, pioneiros da moral, sempre estamos expostos...

O HOMEM — Seja como for, eu vou providenciar para que amanhã mesmo o seu negócio seja investigado: essa sua arapuca foi montada com o dinheiro dos outros! *Sai sem cumprimentar.*

PADUK *acompanhando-o com os olhos arregalados* — Diabos o carreguem! Esse pessoal tem ouvido de tuberculoso! A coisa pode engrossar... Enfim, como dizia aquele idiota do jornal, eu sei falar muito bem. E amanhã estará em manchete a história da minha vida, em que não faltam episódios comoventes. Hum... Mas talvez fosse bom ir fazendo alguma coisa para afastar quaisquer dúvidas sobre a integridade moral da minha iniciativa!

6

Terminada a conferência, os moços da Associação Católica Independente saem para a rua.

PADUK *ao Capelão.* — Então? Gostou?

CAPELÃO — Muito bom... Quero dizer: é realmente o inferno na Terra!

PADUK — Pois não é mesmo? O verdadeiro inferno! E tudo causado principalmente pela prostituição! Senhor pároco, se o senhor me dá licença, eu quero ainda dizer umas poucas palavras, com a mão no coração. Como diz a Bíblia, quando a boca está cheia... O senhor sabe melhor que eu. *Paduk entra na barraca e volta, logo depois, seguido pelo ajudante, que traz uns frascos de amostras em álcool e os depõe sobre a mesa. Os moços da Associação continuam onde estão. Além disso, os que estavam esperando aparecem da esquerda. E a rua inteira começa a animar-se com as primeiras frases de Paduk em voz alta. Dos prostíbulos acorrem meretrizes, isoladas ou em grupos de duas e três, em trajes de passeio escuros: deslizam rente à cerca, e algumas delas caminham indolentemente pela rua, rindo à socapa. Depois ficam todas em silêncio, espiando por cima da cerca.*

Paduk — Meus jovens e queridos amigos! Vocês acabaram de ver as consequências do vício, as terríveis moléstias causadas pela prostituição. Não é por acaso que a nossa instituição, posta a serviço da integridade moral, ergue-se justamente neste lugar: é um protesto veemente que se ergue! *Avista as meretrizes atrás da cerca, e sobe imediatamente na mesa, empunhando dois frascos de amostras.* Meus jovens e prezados amigos, não é um protesto contra as infelizes ocupantes dessas casas, mas contra as próprias casas, contra o espírito dessas casas! Eu não acuso as pobres moças que dentro dessas casas são forçadas, como escravas, a vender seus corpos, criados por Deus, sem ao menos ficarem com o dinheiro! *Dirigindo-se cada vez mais às meretrizes*: Só um desalmado poderia culpá-las. Elas são vítimas: têm um destino mais terrível que o dos cavalos que puxam carroças, mais terrível que o dos condenados, mais terrível que o dos doentes desenganados. Elas são forçadas a verem degradar-se as próprias almas imortais, e a apodrecerem os próprios corpos, satisfazendo aos apetites de todo e qualquer tratante imundo, todo e qualquer sujeito depravado. E, para saciarem a bestial volúpia dos homens, deixam-se contagiar com doenças incuráveis! *Levanta o frasco da mão esquerda.* Esta boca que estão vendo aqui, com a abóbada palatina roída de úlceras, cantou em corais de igrejas, como cantam agora as vossas! Esta cabeça, coberta de pústulas, também foi acariciada por meigas mãos de mães, como as vossas! Sobre esse peito agora purulento — *inclina-se para um modelo em cera* — já esteve pendurado um crucifixo, como sobre os vossos! E estes olhos — *inclina-se para outro modelo em cera* — tumefatos e carcomidos, já alegraram, como os vossos, um coração de pai, ao se abrirem pela primeira vez! Não vos esqueçais disto! Não vos esqueçais, em nenhum momento em que a tentação se aproximar de vós e o demônio tentar vos seduzir! Talvez ainda estejais em tempo, talvez ainda tenhais a sorte de não ser tarde demais! Não vos mostreis, portanto, ingratos: não vos esqueçais disto! E não pratiqueis novas injustiças! *Desce da mesa.*

Capelão — Foi um belo discurso! Só um eleito de Deus é capaz de falar assim. Aceite os nossos agradecimentos!

Paduk *colocando os frascos sobre a mesa* — Ora esta, senhor capelão, eu apenas cumpri a minha obrigação. *O capelão aperta-lhe a mão, já desembaraçada dos frascos, e sai com os moços, devagar e em silêncio.* Por hoje o programa acabou. Vamos fazer uma limpeza geral em nossa barraca. *Entra na barraca.*

7

Dispersam-se os visitantes, e as meretrizes também desaparecem no interior dos prostíbulos.

Paduk *tornando a sair da barraca, com o ajudante* — Recebeu muitas gorjetas?

Ajudante — Alguns marcos...

Paduk — Passe para cá!

Ajudante — Mas este dinheiro é meu!

Paduk — Não seja descarado: quem paga a você sou eu!

Ajudante — Pois então, de agora em diante, o senhor pode ficar tomando conta das suas porcarias sozinho! E logo num lugar poluído como este!

Paduk — Se quiser, pode ir embora.

Ajudante — Vou! Desta vez eu vou mesmo! Fique sabendo! O senhor calculou mal, e assim não pode continuar: o salário que me paga não chega nem para eu me dar um pouco de prazer, e ainda por cima a gente fica com nojo. Mas agora acabou-se, de uma vez por todas!

Paduk — Está falando sério?

AJUDANTE — O senhor não vai bancar o humildezinho outra vez, vai? Desta vez não me pega! Vou lá dentro arrumar a minha trouxa. *Atira o dinheiro das gorjetas em cima da mesa.* Pode ficar com a sua porcaria toda!

PADUK — Guarde o seu dinheiro, rapaz! Você me interpretou mal: está muito exaltado.

AJUDANTE — Não, desta vez acabou-se! Está resolvido! E, além do mais, não tem nada que me tratar de você: me trate de senhor! *Entra na barraca.*

PADUK — Droga! Hoje, realmente é o meu dia! E dizer que nunca falei tão bem! Agora eu sei o que é o Pentecostes: o Espírito Santo desceu sobre mim. Mas a sorte favorece os cretinos, como acontece a todas as mulheres. *Senta-se.* E agora eu tenho que ficar aqui de guarda, com a barriga roncando de fome! Quem é que pode comer num ambiente destes? Para mim, de qualquer jeito, já virou um pesadelo. E até que o próximo ajudante aprenda direito as palavras em latim! Que amolação! E aquele funcionário público? Aquele burro bancando o espião! *Olha em redor e fica parado, como se atingido por um raio: à porta do prostíbulo estão vários homens, tocando a campainha.*

PRIMEIRO HOMEM — Mas que diabo! Por que é que este estábulo está fechado?

SEGUNDO HOMEM — Como se já não bastasse essa luz! Maldito refletor!

TERCEIRO HOMEM — Abram a porta! Aí dentro está todo mundo dormindo, é?

Abre-se a porta, os homens entram.

PADUK — Que será que eles querem? *Vai até a cerca.* São os primeiros que aparecem, nestas duas semanas.

Chegam mais homens, que entram nalgum lugar ao fundo.

8

Paduk volta para a mesa, meneando a cabeça; puxa a caixa diante de si e conta o dinheiro.

SENHORA HOGGE *saindo de uma porta à direita, atravessa a rua, com cuidado, cruza a cancela na ponta dos pés e fala de repente atrás de Paduk* — Como é? Não chega, senhor Paduk?

PADUK *zangado, com o susto que levou* — Que vem a ser isto? Dê o fora daqui!

SENHORA HOGGE — Vamos com calma, senhor Paduk! Os primeiros clientes já estão começando a voltar...

PADUK — Mas ainda não estou ouvindo a música.

SENHORA HOGGE — Não é para qualquer um que se toca música. Por enquanto, é só o pessoal de cinco marcos. Mas vai melhorar!

PADUK — A senhora é quem deve saber.

SENHORA HOGGE — Escute, senhor Paduk: não poderia arranjar uma cadeira para eu me sentar?

PADUK — Não quer mais nada?

SENHORA HOGGE — Não: é só isso. E não peço de graça!

PADUK *fechando a caixa* — Depois de todas as ofensas que me fez, ainda não há dez minutos...

SENHORA HOGGE — De lá para cá, já se passaram algumas coisas: algumas, eu disse!

PADUK — Não vi coisa nenhuma.

SENHORA HOGGE — Para começar, os primeiros clientes já estão de volta. Isso no meu interesse. Para continuar, o senhor pronunciou um discurso.

PADUK — Sim, isso no meu interesse. A senhora viu bem.

SENHORA HOGGE — Quem não viu muito bem foi o senhor: o seu discurso foi uma besteira!

PADUK — Ah, uma besteira?

SENHORA HOGGE — Do nosso ponto de vista, foi. Para aquele padre, não; mas para o senhor e para mim, foi.

PADUK — Ora, essa é muito boa: acho até graça! *Vai buscar uma cadeira*. Aqui está uma cadeira. Agora, explique-se melhor!

SENHORA HOGGE — Muito obrigada. Eu vou mesmo explicar. *Senta-se*. É que eu sempre soube ser agradecida. Queria também pedir desculpas pelo mal-entendido de ainda há pouco.

PADUK — E o meu discurso?

SENHORA HOGGE — Bem, se eu entendi certo, em seu discurso o senhor dizia que as meninas eram exploradas vergonhosamente em minha casa. O senhor disse isso com muitas palavras bonitas, mas com muito pouca verdade. E quando mostrou, com tanto efeito, as botas cheias de pústulas, em lugar dos corais que um dia brotaram nelas, podia muito bem ter falado em cachaça e outras bebidas, embora com menor impacto. E as cabeças a que se referiu, na maioria dos casos, não costumam ser acariciadas por mãos de mães, que sempre comovem, mas pelos punhos, menos conhecidos, dos rufiões... Mas não é disso que eu quero falar: o senhor sabe muito bem de tudo isso, porque estudou bastante tempo em minha casa. E é claro que a empresa precisa dar lucro: em tempos normais, a minha receita vai muito além da sua!

PADUK — A senhora se expressa muito bem. É realmente um prazer ouvi-la. Mas por que o meu discurso foi uma besteira? Foi para me explicar isso que eu lhe trouxe a cadeira.

SENHORA HOGGE — Não há razão nenhuma para o senhor se alegrar, e por isso mesmo é que eu prefiro prepará-lo aos poucos. Antes de mais nada, quanto à rentabilidade e às perspectivas futuras da sua instituição: o senhor ganha bem, atualmente, porque ninguém ainda viu as suas curiosidades científicas senão por preços caríssimos no próprio corpo... Mas, como ninguém entra duas vezes na sua barraca — e quanto a isso pode pôr a mão no fogo —, mais dia, menos dia, o seu negócio vai fechar. Aí então, duas semanas depois da sua falência, eu posso reabrir o meu negócio. Minha clientela chega a umas seis mil almas. Graças a uma contrapropaganda de esclarecimento, que mandamos organizar imediatamente, grande parte da nossa freguesia absteve-se de visitar a sua instituição, que provoca náuseas e apela de modo vulgar para os mais reles sentimentos das massas, a covardia e a hipocrisia. A outra parte dos nossos fregueses, que tem queda para essas coisas e ninguém pode impedir que o senhor lhes envenene o mais sublime prazer da vida, que é o ato amoroso, o conjugal inclusive, talvez passe a evitar o nosso estabelecimento, pelo menos umas duas semanas depois de visitar o seu. O prejuízo que o senhor provoca em nossos lucros é considerável, mas não se repetirá. E a nossa instituição continuará a ser frequentada para todo o sempre!

Silêncio.

PADUK *sentado à mesa, diante da senhora Hogge, tem a testa gotejante de suor* — Isso não tem nada a ver com o meu discurso!

SENHORA HOGGE — Tem sim, senhor! Pelo que sei, o seu negócio consiste em explorar, de certo modo, o contágio das doenças venéreas através da prostituição. Mas isso prejudicará a prostituição apenas enquanto o senhor continuar a expor o conhecimento desses perigos. Depois, passará rápido e voltaremos a florescer como antes. A linha-mestra do seu discurso porém era o propósito de acabar com o foco do contágio, ou seja, a prostituição; o que o senhor pretendia destruir, portanto, era a base do seu próprio negócio, que se assenta nela como uma casa sobre uma rocha. Em resumo: se o senhor tem a intenção de esclarecer os homens sobre os perigos do contágio venéreo, eu não tenho nada com isso, e não vejo nenhuma consequência prática disso. Mas se o senhor, com esse mesmo propósito, quer também esclarecer as minhas meninas, aí vai ser a ruína da prostituição e do foco do contágio, mas também do seu próprio negócio. *Triunfante, mas apreensiva.* E foi o que o senhor fez hoje, quando fez as meninas correrem para mim, chorando de novo. Agora, me diga: esse discurso foi ou não foi uma besteira?

Silêncio. Paduk respira forte, a senhora Hogge enxuga a testa com um lenço.

PADUK *com o maior sangue frio possível* — Foi. Tem razão. E daí? *Silêncio.* A senhora fala como um livro!

SENHORA HOGGE — Eu cursei o segundo grau.

PADUK — Bem, eu reconheço que me exaltei, assim como a senhora se exaltou antes. E agora?

SENHORA HOGGE *respirando aliviada* — Ainda bem! Assim é que se fala! Agora, os meus agradecimentos pela cadeira. E vou lhe dar um conselho: feche esta joça e aplique o dinheiro ganho com ela em nossa instituição!

PADUK *levantando-se* — Que quer dizer com isso?

SENHORA HOGGE — Exatamente o que eu disse.

PADUK — E a minha reputação? E a municipalidade, que me cedeu o terreno? E a minha biografia no jornal?

SENHORA HOGGE — Pequenos contratempos, sem maior importância. O sucesso vem depois!

PADUK — Não posso: é a minha reputação! Tudo isso que a senhora disse, eu já tinha mais ou menos imaginado. Mas não há jeito...

SENHORA HOGGE — Que história é essa de "sua" reputação? Se o senhor continua a prejudicar meu negócio, e o seu também indiretamente, eu sou forçada a me defender o melhor que puder: tornando públicos os seus verdadeiros motivos, por exemplo! Depois, o senhor, com a "sua" reputação, é capaz de acabar ministro das Finanças!

PADUK — Nada mau. E a minha inspiração maravilhosa? E depois, a maneira como a senhora mandou que me tratassem naquele dia...

SENHORA HOGGE — Ora, a Carmem só pôde tratá-lo daquele jeito porque o senhor não passava de um joão-ninguém sem dinheiro... Agora o senhor entra como acionista em nosso negócio e pode fazer com ela o que bem entender! Já viu as fotografias mais novas?

PADUK — Não, eu perdi todo o contato.

SENHORA HOGGE *tirando do seio umas fotos e exibindo-as* — Veja só! Esta é a Carmem, de costas e de lado. Esta, bem provocante, é a Ludmila, de frente: que olhos, que seios, que lábios, que cabecinha linda!

PADUK *repentinamente* — Pois está bem. Vou visitar o seu estabelecimento. *Põe a caixa embaixo do braço.* De qualquer forma, aqui agora não vem mais ninguém. E, em todo caso, o Lind ainda está aí. Ah, é verdade: Lind, fique mais um quarto de hora, que eu preciso ir ver um negócio!

AJUDANTE *dentro da barraca* — Nem mais um minuto!

PADUK *consigo mesmo* — Aqui as coisas vão de mal a pior... *Acompanha a senhora Hogge, pela direita, e ambos desaparecem na porta vermelha. Logo depois, música de piano dentro do prostíbulo. Gritos de uma das meninas da senhora Hogge. Sons de dança.*

Escurece. Silêncio.

PADUK *sai da casa à direita, com o cabelo em desalinho e a roupa amarrotada, sobraçando a caixa.* — Agora aquele asno pode investigar à vontade: eu mesmo vou dar a ele todas as informações que quiser! *Detém-se junto à mesa.* Lind! Onde foi que você se meteu?

AJUDANTE *saindo da barraca* — Que foi, senhor Paduk?

PADUK — Então: não quer continuar no emprego?

AJUDANTE — Pois é, talvez, mas com uma condição...

PADUK — Então, pode ir embora: está despedido! *Com a voz sufocada pelo triunfo*: Vamos, vá dando o fora! Senão, quem põe você no olho da rua sou eu! Ganancioso! Tratante! Patife!

AJUDANTE — O senhor vai me pagar! Eu vou revelar todo o seu passado!

PADUK — Faça isso: diga que eu sou dono de bordel! Diga que eu ganho cem marcos por dia! Vá correndo e diga isso a todo homem que ainda tem alguma coisa pendurada entre as pernas! Dê o fora! Já!

AJUDANTE *indo embora* — Canalha!

PADUK *cantarolando a melodia do piano* — Bem, para fazer prosperar isto aqui — *sobe na mesa e arranca a tabuleta* —, poderíamos talvez instalar um cineclube de filmes educativos sobre sexo... Licença da polícia se arranjaria sem a menor dificuldade. E, graças às minhas relações nos mais altos escalões, ainda poderíamos fazer vigorar uma lei punindo as relações sexuais em casa... com trabalhos forçados! E o aborto, com uma pena de morte! Ninguém faz ideia do impulso que uma coisa destas pode dar ao nosso negócio! E assim o caso ficaria resolvido. Tudo depende só de a gente ter imaginação criativa, nada mais! *Retira a tabuleta da entrada, olha em redor, e abre um riso de escárnio.* Dentro de duas semanas, no máximo, o negócio voltará a florescer: hoje começam os primeiros clientes! *Aperta um botão, que desliga o refletor. Sobraçando a caixa e sempre cantarolando, encaminha-se lentamente para a direita e desaparece no interior da porta vermelha. Música de piano e arrastar de pés que dançam.*

A pescaria

Der Fischzug
Escrito em 1919
Estreia: 11 de janeiro de 1967, em Heidelberg

Tradução: Erlon José Paschoal

Personagens

O pescador
A mulher dele
Primeiro homem
Segundo homem
Os seis pescadores
O mendigo
A mendiga

Uma casa de pescador. No fundo: à esquerda, uma janela com cortinas de musselina. A sua direita, quase no meio, uma cama com cortinado. À sua direita, a porta de madeira, pesada e quadrada. No meio do quarto, uma grande mesa de madeira. Na parede do lado esquerdo, um sofá de couro e sobre ele uma rede. À direita, uma porta.

À noite. Deitada na cama, a mulher do pescador.

MULHER *dormindo profundamente, fala durante o sono, agitada* — Tom! Tom! Me deixe!... *Acorda, senta-se na cama.* Já deve passar da meia-noite. E ele que não aparece... Não pescou absolutamente nada hoje e agora está enchendo a cara... Oh... *Deita-se novamente.* Oh... *Adormece.*

Silêncio. Pouco depois, pancadas na porta.

PESCADOR *de fora* — Ei! Abra!

MULHER *levanta-se bruscamente* — Tom! *Vai até a porta com uma vela, abre, recua assustada.*

O pescador entra cambaleando, apoiado por dois homens.

PESCADOR irritado — Por que... a porta... não abre?... Se estou voltando para casa!

MULHER *cobre-se com alguma coisa* — Eu estava dormindo.

PESCADOR — A porta tem que ficar aberta, que diabo! Senão ninguém pode entrar.

MULHER — Mas se eu estava dormindo!

PESCADOR — De agora em diante vai ficar aberta! E ponto final! *Cambaleia até a mesa.*

PRIMEIRO HOMEM — Ele bebeu demais, senhora. Mas em três conseguimos voltar para casa.

MULHER — É você, Munken? Ele outra vez cheio como um tonel de arenques! Só que os tonéis dele estão vazios.

PESCADOR — Não devia dizer isso. É quando bebo que me vêm as melhores ideias.

MULHER — E isso vai encher nossa barriga?

PESCADOR — Olhe, não se tem fome depois de encher a cara.

SEGUNDO HOMEM — Por que você não se atira na cama?

PESCADOR — Esse cara aí está mais bêbado ainda. Se sentar, dorme. É um fraco, não aguenta nada. Andava mais torto que uma canoa numa ventania. Ele também vai tomar café.

MULHER — Tenho que ir outra vez para o fogão, no meio da noite?

PRIMEIRO HOMEM — Por minha causa não, senhora.

PESCADOR — Então, queria que eu chegasse de manhã? Marche! Para a cozinha! E bem quente!

MULHER *saindo à direita* — Tomara que um dia a bebida acabe com você.

PRIMEIRO HOMEM — Ela não vive num paraíso.

PESCADOR — Ninguém vive. Estou morrendo de sono. Mulher!

MULHER *volta* — Já está berrando outra vez?

PESCADOR — Me lave!

MULHER — De madrugada?

PESCADOR — Me la-ve! Se fecho os olhos, o céu fica todo cor-de-rosa. É como no céu, só que tem alguém arrotando.

Mulher lava a cabeça dele com água; ele quase dorme sentado.

SEGUNDO HOMEM *irônico* — Ela acabou de sair da cama.

PRIMEIRO HOMEM — Nota-se.

SEGUNDO HOMEM — Pois eles parecem dois gatos engalfinhados.

PRIMEIRO HOMEM — Magra não é!

SEGUNDO HOMEM — Ele é uma besta quadrada.

PESCADOR — Diabos! Agora esqueci lá o meu cachimbo. Mulher, vá buscá-lo!

MULHER — De camisola?

PRIMEIRO HOMEM — A gente poderia ir lá dar uma olhadinha.
SEGUNDO HOMEM — É, poderia.
PRIMEIRO HOMEM — Quer que eu vá?
SEGUNDO HOMEM *para a mulher* — Nesta noite não é bom você ir até lá!
PRIMEIRO HOMEM — As pessoas ficariam espantadas!
SEGUNDO HOMEM — Então vou eu!
PRIMEIRO HOMEM — Eu também teria ido.

Ninguém sai.

MULHER — Todos vão rir de mim.
SEGUNDO HOMEM — Então, a gente vai, pronto!
PRIMEIRO HOMEM — Um de nós pode muito bem ir.
SEGUNDO HOMEM — Não é tão longe assim!
PRIMEIRO HOMEM — Por causa dele, não precisa ir de camisola.
SEGUNDO HOMEM — Não admito isso, de jeito nenhum.
PRIMEIRO HOMEM — É, ele dá uma corridinha até lá. Não podemos admitir isso.
PESCADOR — Mas volte aqui para o café, Jürgen!
SEGUNDO HOMEM — Já volto! *Sai contrariado.*
MULHER — Podem esperar o café. Fica pronto num instante.
PRIMEIRO HOMEM — Obrigado, não estou com frio.
MULHER — Mas pode precisar.
PRIMEIRO HOMEM — Ainda estou enxergando bem.
MULHER — Ora, então feche os olhos.
PRIMEIRO HOMEM — A luz está muito ruim.
MULHER — Ele já está quase dormindo.
PRIMEIRO HOMEM — Está completamente bêbado.
MULHER — É um porco.
PRIMEIRO HOMEM — Isso não é jeito de voltar para casa.
MULHER — Pois ele sempre volta assim.

PRIMEIRO HOMEM — Mas você está bonita.

MULHER — Estou só de camisola...

PRIMEIRO HOMEM — Não faz mal.

PESCADOR *sobressaltado* — Depressa! A água está muito fria. Vá fazer o café! O que é que não faz mal?

MULHER — Que a água esteja fria.

PESCADOR — Fora! Sua galinha!

MULHER — Mas o Jürgen foi até lá para mim.

PRIMEIRO HOMEM — Eu quis ficar.

Mulher ri, sai.

PESCADOR — Já está emburrada de novo, só porque tem que sair. Como se eu fosse um animal! Pura preguiça! São todas umas relaxadas!

PRIMEIRO HOMEM — Já vou.

PESCADOR — Ainda não está de cara cheia?

PRIMEIRO HOMEM — Estou tonto.

PESCADOR — Senta!

PRIMEIRO HOMEM — Aí pego no sono!

PESCADOR — Não aguentam nada mesmo, hein! Ficam fazendo safadezas o tempo todo, isso enfraquece! Eu aguento qualquer coisa.

PRIMEIRO HOMEM *para à direita, à porta* — Devia estar tão quentinho na cama?!

MULHER — E ainda tive que levantar!

PRIMEIRO HOMEM — Quase nua!

MULHER — Por causa dessa esponja de cachaça!

PRIMEIRO HOMEM — E esse ladrilho frio da cozinha!

MULHER — É uma cruz!

PRIMEIRO HOMEM — Com os pés quentes!

MULHER — E vocês sempre se embebedando!

PRIMEIRO HOMEM — Não tenho mulher, por isso bebo.

MULHER — E se tivesse uma?

PRIMEIRO HOMEM — Aí tudo seria diferente!

MULHER — É o que dizem sempre.

PRIMEIRO HOMEM — Não sou assim. E também não estou bêbado.

MULHER — Ainda consegue segurar a frigideira?

PRIMEIRO HOMEM — Não estou tão bêbado assim. *Entra na cozinha.*

PESCADOR *com a cabeça sobre a mesa, ergue-a* — A minha cabeça vai estourar. Parece um carrossel. E essa maldita vela! Munken! Está enchendo a cara de pinga outra vez! Esse sujeito bebe feito um condenado. Como se isso fosse de graça... Mas onde é que ele se meteu? Aha! Meu Deus, tenho, tenho que ficar atento. Em pé! Sentido! Direita, volver, marche! *Vai para a esquerda, atrás, em direção a uma tina de água.* Curvar o tronco! Salto de lúcio! *Mergulha a cabeça.* Brr! *Na cozinha cai uma frigideira.* Aí tem coisa! *Vai para a direita, com o cabelo esticado e pingando, e espreita. Cambaleia adiante e volta para a esquerda.* Mulher!

MULHER *entra um pouco apressada* — O que é? O que está acontecendo agora?

PESCADOR — O seu avental! Depressa! *Bate com os pés no chão.*

MULHER — Onde é que você enfiou a cabeça? Era a água da louça!

PESCADOR — Mas me deixou sóbrio. O avental!

MULHER *apanha um avental do cabide, enxuga-o. Para a direita* — Não deixe derramar, Munken!

PESCADOR — Bem, agora corra! O café! Será que sai até amanhã cedo? Ou não fica pronto, sem um pontapé na bunda? *Coloca o avental na mulher.* Andando assim por aí! Ou preciso buscar o pastor? Vamos: marche! *Dá-lhe um pontapé, ela sai à direita. Ele senta-se à mesa e medita.* Não vai derramar! O sujeito bêbado feito um animal. E essa aí, quase nua. Em todo caso, vou dormir. Dormir! Se essa aí vai ou não vai, tanto faz! Dormir! É no escuro que as coisas acontecem. E na minha casa! Se eu botar ele para fora, passando a tranca, a tranca se abre, e os canalhas vão se embolar. Se eu não deixar os dois aqui, um em cima do outro, ela foge, e eu não vejo nada. Cruzes! Canalhas! É melhor dormir!

MULHER *trazendo o café* — Aqui está, beba!

PRIMEIRO HOMEM *atrás dela* — Isso faz bem! *Bebem o café.*

PESCADOR — Senta! Aqui! Você, pegue a rede!

MULHER — O que quer com a rede?

PESCADOR *bate sobre a mesa* — Vamos logo!

PRIMEIRO HOMEM — Agora, à noite?

MULHER *apanha-a* — Vai querer pescar agora?

PESCADOR — Pescar, hahaha!

MULHER — Não pescou nada o dia inteiro! Só encheu a cara! E mais nada!

PESCADOR *triunfante* — É quando bebo que me vêm as melhores ideias. Quando bebo, acabo pescando alguma coisa. Remende a rede!

MULHER — Agora, à noite? *Começa a remendá-la.*

PESCADOR *bate sobre a mesa* — Agora, à noite!

PRIMEIRO HOMEM — Isso é mal. Não é hora de fazer outra coisa, a não ser dormir! Não está com sono não?

PESCADOR — Como alguém que encheu a cara. Já acabou?

PRIMEIRO HOMEM — Eles ainda estão lá bebendo!

PESCADOR — É São João!

PRIMEIRO HOMEM — Deveriam dormir.

MULHER — Como pessoas direitas.

PESCADOR — Como nós! Quando a gente se deita e larga o corpo — ali ainda tem um furo, mulher —, pesado como uma âncora que afunda — bicho preguiçoso — de cara cheia, sem querer saber de mais nada... Já acabou?

PRIMEIRO HOMEM *levanta-se* — Estou me sentindo cada vez mais pesado. Muito obrigado pelo café. Durmam bem! *Sai.*

MULHER — Boa noite, Munken! Obrigada também por ter trazido esse beberrão miserável para casa!

PESCADOR *bate sobre a mesa* — Limpe tudo!

MULHER — Fica para amanhã!

PESCADOR — Preguiça! Marche para a cozinha! Limpe, lave tudo!

MULHER *apanha a vela* — Oahh, estou com sono até nos ossos!

PESCADOR — Largue a vela! Marche! *A mulher sai.* Debaixo da mesa têm pés. Saúde! Mas o café, esse porco vai pagar. Será que ele cheirou mesmo que depois dos pés vêm as coxas, e mais ainda, muito mais... mão firme e não soltem, e assim chegarão na terra prometida. Bom proveito! *Levanta-se, apanha a rede, caminha para o fundo do palco e resmungando prende a rede na cama, traz uma pedra grande e enrola-a embaixo, no canto da cama. Isso tudo não é visto com nitidez, mas ele deve subir uma vez sobre a cama ao dizer*: Bem, isso fica aqui e isso ali e agora, bom proveito!... e um bom... trabalho, meus... queridos! Fazer safadezas!... Encher a cara!... Quer ser mais esperto!... Jovens como gatos... *Desce.* E agora enfio minha cabeça na água e depois vou dormir... *Sai cambaleando.*

Os dois homens entram.

PRIMEIRO HOMEM — Podemos muito bem ir para casa juntos! Dois são mais fortes do que um.

SEGUNDO HOMEM — Já trouxe o cachimbo, e você fez o que queria.

PRIMEIRO HOMEM — Já bebemos o café.

SEGUNDO HOMEM — Não sei se foi gentil de sua parte, beber o meu café, enquanto eu estava andando por aí à noite, só para você poder ficar aqui.

PRIMEIRO HOMEM — Você não fez isso de boa vontade.

SEGUNDO HOMEM — Caí duas vezes.

PRIMEIRO HOMEM — Não deveria ter bebido tanto!

SEGUNDO HOMEM — Ou não ter ido até lá!

PRIMEIRO HOMEM — Você é muito jovem para isso!

SEGUNDO HOMEM — Por isso fui. Pensei: esses velhos já não têm mais resistência física mesmo.

PRIMEIRO HOMEM — Vamos! Não tem ninguém aqui!

SEGUNDO HOMEM — Ainda preciso me despedir.

PRIMEIRO HOMEM — Pode deixar o cachimbo aqui!

SEGUNDO HOMEM — Mas aí não dá para me despedir!

PRIMEIRO HOMEM — Você só está incomodando. Eles querem ficar sozinhos!

SEGUNDO HOMEM — Ainda não estão na cama!

PRIMEIRO HOMEM — Um homem e uma mulher!

SEGUNDO HOMEM — Agora já chega: você está pescando demais nesse meu barco!

PRIMEIRO HOMEM — Não estou entendendo.

SEGUNDO HOMEM — Explico melhor: ela também me agrada.

PRIMEIRO HOMEM — Quem?

SEGUNDO HOMEM — Não me faça perder a cabeça, Munken.

PRIMEIRO HOMEM — Não tem vergonha? Sujeitinho safado.

SEGUNDO HOMEM — E um homem na sua idade!

PRIMEIRO HOMEM — Ela é fiel.

SEGUNDO HOMEM — Onde?

PRIMEIRO HOMEM — No coração!

SEGUNDO HOMEM — Mas nós gostamos das coxas!

PRIMEIRO HOMEM — Aí, não vou dizer mais nada. É muita safadeza.

SEGUNDO HOMEM — Bom, só estou querendo me achegar também.

PRIMEIRO HOMEM — Vou dizer isso ao Mack!

SEGUNDO HOMEM — Arrebento a sua cabeça!

PRIMEIRO HOMEM — Tente!

SEGUNDO HOMEM — Covarde.

PRIMEIRO HOMEM — Fanfarrão!
SEGUNDO HOMEM — Sujeitinho ordinário!
PRIMEIRO HOMEM — Moleque atrevido!

Atracam-se.

PESCADOR *entra com o cabelo esticado e pingando* — O que está acontecendo? Estão bêbados como porcos! Na minha casa! Se não estivesse tão cansado, eu lhes mostraria a porta da rua.

Os dois param de brigar.

PRIMEIRO HOMEM — Ele começou!
SEGUNDO HOMEM — Seu mentiroso!

Pescador deita-se no sofá de couro.

PRIMEIRO HOMEM — Vamos, saia!
SEGUNDO HOMEM — Vai ter o que quer.
PRIMEIRO HOMEM — Boa noite, Mack!
SEGUNDO HOMEM — Você está dormindo? Agora vamos ver quem vai subir nela.

Os dois saem. Silêncio. Ruído do mar ao longe.

MULHER *aparece à porta* — Marido! Marido! Está dormindo! *Espreguiça-se.*
PESCADOR *meio dormindo* — Feche a janela! Essa droga de música.
MULHER *fecha a janela* — Por que está deitado no sofá?
PESCADOR — Cale a boca!...
MULHER — Preguiçoso até para tirar as calças! Que animal! Está se espreguiçando! Já está dormindo! Agora não acorda mais. E ainda por cima temos a cama. Ele tem um parafuso a menos. A culpa é dele mesmo. Eu sou o que, uma besta? *Senta-se na cama.* Já são duas horas. Às quatro já está clareando. Mas esse dorme

até as onze. Aí vão ver a porta! E os outros vão pescar, não são assim. Não mereço nada? Agora está dormindo! *Apanha a vela, coloca-a na janela.* E ele que não aparece! Será que pegou no sono? Também não estava nada sóbrio. Vem vindo! Mas que barulho está fazendo! Jesus, Maria! Que barulho está fazendo! *Ouvem-se pessoas bufando e lutando. A mulher olha para fora. Grita*: Jürgen, pelo amor de Deus! Estão brigando! Jesus querido, ajude! Pai nosso que estais no... Agora ele o pegou, graças a Deus! *Grita assustada.*

PRIMEIRO HOMEM *apoiando-se na janela* — Oi!

MULHER — O que você quer?

PRIMEIRO HOMEM — Pergunta idiota!

MULHER — Não posso perguntar, o que está fazendo na minha janela?

PRIMEIRO HOMEM — Então, por que é que você botou a vela aqui?

MULHER — Para você saber que ele está dormindo.

PRIMEIRO HOMEM — Você disse que ia botar a vela aqui quando ele estivesse dormindo.

MULHER — E ele está dormindo.

PRIMEIRO HOMEM — E eu estou vindo.

MULHER — Mas isso eu não disse.

PRIMEIRO HOMEM — Por que me contou isso, então?

MULHER — Você disse que tem medo que ele me bata.

PRIMEIRO HOMEM — Não bateu em você?

MULHER — Por que deveria?

PRIMEIRO HOMEM — Porque você estava na cozinha desse jeito.

MULHER — Mas ele estava bêbado!

PRIMEIRO HOMEM — Então por que botou a vela na janela?

MULHER — Depressa! Alguém pode ver você!

PRIMEIRO HOMEM *entrando pela janela* — Bem! Com vocês, a gente nunca sabe! *Apanha a vela.*

MULHER — O que aconteceu com o outro?

PRIMEIRO HOMEM — Levou uma surra.

MULHER — E agora?

PRIMEIRO HOMEM — Está calmo.

MULHER — Espero que não tenha acontecido nada de mau com ele.

PRIMEIRO HOMEM — Hm.

MULHER — Não quer vir aqui? Tem lugar!

PRIMEIRO HOMEM *girando com a vela na mão* — Já vou!

MULHER — Ele está deitado no sofá!

PRIMEIRO HOMEM — Não é melhor lá fora?

MULHER — Agora não! Alguém pode ver! Mas o que está fazendo?

PRIMEIRO HOMEM *ilumina o rosto do pescador* — Será que está dormindo?...

MULHER — Claro! Mas assim ele vai acordar outra vez.

PRIMEIRO HOMEM — Se a gente saísse...

MULHER — Você não gosta daqui?

PRIMEIRO HOMEM — Gosto de você!

MULHER — Não acha bom chegar aqui?

PRIMEIRO HOMEM — Por que não?

MULHER — Então economize a vela! *Trêmula.* Tem que durar até amanhã cedo!

PRIMEIRO HOMEM *apaga a vela, tateia* — Ele está bêbado como um gambá!

MULHER — No sofá!

PRIMEIRO HOMEM — E não na cama! São esses os seus joelhos?

MULHER — São. Tome cuidado! Senta aqui!

PRIMEIRO HOMEM — Ele está completamente bêbado.

MULHER — Como um animal.

PRIMEIRO HOMEM — É essa a sua mão?

MULHER — Por que é que ele bebe tanto assim?

PRIMEIRO HOMEM — Para que eu o carregue para casa!

MULHER — E para me tirar da cama!

PRIMEIRO HOMEM — Ela estava quente?

MULHER — Fiquei esperando.

PRIMEIRO HOMEM — De camisola...

MULHER — Ele não pescou nada o dia inteiro.

PRIMEIRO HOMEM — Que tal preparar uma para ele, hein?

MULHER — Um porco, isso é o que ele é.

PRIMEIRO HOMEM *esforçando-se, ela também* — É esse o seu peito?

MULHER — Me deixe!

PRIMEIRO HOMEM — Dói?

MULHER — Me deixe, ora!

PRIMEIRO HOMEM — Mas você botou a vela!

MULHER — Mas isso, você não tem direito.

PRIMEIRO HOMEM — Segundo o sexto mandamento.

MULHER — Você não está com cheiro de pinga na boca!

PRIMEIRO HOMEM — Sou decente.

MULHER — Largue meus joelhos!

PRIMEIRO HOMEM — Agora você está mais à vontade!

MULHER — Ai!

PRIMEIRO HOMEM — Mas tire isso!

MULHER — Tire você mesmo!

PRIMEIRO HOMEM — Pronto! Assim está mais agradável.

MULHER — Não, assim não!

PRIMEIRO HOMEM — Pare de se mexer tanto!

A pedra cai no chão fazendo um enorme barulho. A mulher quase não contém o grito, o homem pragueja e depois ficam quietos.

PESCADOR *ergue a cabeça* — O céu está desabando! Puxa! Ela vai me pagar caro por isso. Me acordar! *Levanta-se, acende a vela.* Não usaram a vela muito tempo. Porcos! *Vai até a cama.* Bom proveito, Munken! Você está aqui? Você está tão bêbado? Ótimo! Está derramando agora? Hahaha! Porcos! Isso sim é que é pescaria! É o céu! O Senhor atende aos bons durante o sono, Munken. *Vai até a janela.*

PRIMEIRO HOMEM *pragueja e rola-se* — Diabos! É uma rede!

PESCADOR — Afinal, você notou! Não se dê ao trabalho! É resistente! Foi ela que remendou! E hoje ainda não tinha pescado nada! Estava com tanto sono! *Bate no peitoral da janela.* Ei! Peixes! Peixes! Vocês têm que ver isso, meus jovens! Venham! Tem uma coisa aqui! Pesquei uma coisa, filhos de Deus.

VOZES — Você não está regulando bem? O que aconteceu?

PESCADOR — Peixes! Peixes!

VOZES — Você está bêbado?

PESCADOR — Venham! Peixes!

PRIMEIRO HOMEM — Diabos! É a sua desonra!

PESCADOR — *Foi* a minha desonra, meu Munken! Peixes! Peixes! *Vai até a porta.*

PESCADORES *irrompem* — O que é? — Por que está fazendo esse barulho? Você teve um filho?

PESCADOR — Aconteceu uma coisa. Peguei peixes.

OS OUTROS *esticando os pescoços para frente* — Aqui? — Agora mesmo você estava bêbado como uma esponja!

PESCADOR — Estava bêbado demais. Por isso não pude sair. Aí pesquei aqui mesmo!

OS OUTROS — Está mais para lá do que para cá! — Onde está sua mulher? Ao menos ela pode dizer coisa que preste!

PESCADOR — Minha mulher não está mais aqui. Estou tão bêbado e acho que ela se transformou num peixe. Estão ouvindo o vento? É o nosso bom Deus que está soprando! Saia, diz ele, e terá uma pescaria farta!

OS OUTROS — É preciso jogar água na cabeça dele! — Isso é delírio.

PESCADOR *grita, afastando-se, pois até agora estava tapando a visão* — Peixes! Peixes!

OS OUTROS *avançando* — Está morta? É um cadáver? — E tem mais um ali. São dois. É um cadáver? *Todos riem* — É o Munken e a mulher!

PRIMEIRO HOMEM *de dentro da rede, na cama* — Diabos, tirem essa coisa! Mas que... diabos... pelo menos joguem uma toalha sobre nós!

OS OUTROS *gargalhando* — É o hábito, disse a mulher para a enguia, antes de lhe arrancar a pele. — O que é meu é seu, disse a mulher para o homem na noite de núpcias. — Foi uma bela coisa, ter se deitado aí, meu filho. — É uma cama macia. Será que foi difícil chegar aí?

PESCADOR — Aposto que se ele puder sair, vai pagar um tonel de pinga para todos vocês.

PRIMEIRO HOMEM — Um tonel de pinga, diabo velho, mas joguem uma toalha!

PESCADOR *para um deles* — Traga a pinga, meu filho, senão ele acaba se arrependendo. Apanhem os peixes, meus jovens, e joguem no canal, meus jovens, para que eles se refresquem. Apanhem aquela vara, carreguem com cuidado, carreguem com todo respeito, como na igreja, e cantem uma bela canção! Isso não acontece todo dia!

OS OUTROS *penduram a rede numa vara e em dois carregam ambos para fora, sob fortes gargalhadas* — Facilitem o trabalho, meus filhos! Não se balancem tanto! Parem com esse seu negócio! — Se voltar, você é melhor que um peido, porque peido não volta.

PESCADOR — Peixes pelados! Belos peixes! Peixes, gordos, fortes, saltitantes! Deixem que eles nadem, não os quero! Soltem-nos, eu abro mão! Mas foi uma pescaria e tanto. E vocês, fiquem aqui. Agora convido todos para um funeral. Minha mulher morreu, era uma boa pessoa! Pois então, bebam a pinga que o amante dela pagou e divirtam-se, porque não estou nada bem! Sentem comigo e curem esse meu desgosto!

Os pescadores sentam. A pinga é trazida num garrafão. Alguns cantam. Jogam cartas.

PESCADOR *acende as velas* — Coloquem as velas nos copos, são velas mortuárias. Não as assoprem, quando rirem! É a mesa de uma casa enlutada, virem um pouco o rosto, quanto vomitarem! Estou colocando aqui os copos da taberna, pois minha mulher morreu e não sei onde estão os copos.

Venta. Os pescadores cantam.

UM PESCADOR — Está ventando. Deve estar frio lá fora. Bebam e todos ficarão quentes!

O SEGUNDO — Essa noite foi de estourar de rir! O jeito que os dois estrebuchavam, não foi nada bonito. Depois ficaram quietos, fingindo que não aconteceu nada... e aí olharam para os lençóis, onde não havia ninguém. Hahaha!

PESCADOR — Peço a vocês para não rirem tanto numa casa enlutada. Não poderiam beber um pouco mais quietos? Não percebem que quero encher a cara até não poder mais?

O TERCEIRO — Era uma boa mulher, realmente, ela que mantinha você em pé. Dava banho, penteava e acabou levando um pontapé.

O PRIMEIRO — Mas que vento! Ouçam só que vento!

O QUARTO — Melhor beber! O que você tem a ver com o vento?

O TERCEIRO — Uma coisa eu digo, ela ficava bem de camisola!

O SEGUNDO — Era a camisa mortuária!

O PRIMEIRO — Como ela fechou a camisola até aqui em cima e se enroscou no Munken, para que ninguém visse nada... a culpa é sua, Mack.

O QUARTO — O ambiente aqui não está nada bom, apesar da pinga e da bela história inicial.

Voltam os dois pescadores, o quinto e o sexto.

O QUINTO — Fez um grande tchibum!

O SEXTO — Foi o que mereciam.

O QUINTO — Na sua cama, foi demais!

O SEXTO — Gritaram à beça.

O QUINTO — Mas por que vocês não dizem nada? Isso aqui está parecendo um enterro!

O SEXTO — E isso apesar da pinga estar aqui e a mulher ter caído fora!

PESCADOR — Sentem, mas parem com esse palavrório. Minha mulher morreu! O vento está soprando e quando ele parar, ela não estará mais aqui. Era uma boa mulher. Deus escolheu a melhor. O vento está soprando, prestem atenção, bebam e digamos assim: minha mulher se afogou no vento.

O SEGUNDO — Não leve isso tão a sério. Foi uma tolice!

O QUARTO — Ela não deveria ter feito isso na sua cama.

PESCADOR — Deus me castigou. Bebi demais. Era minha melhor mulher. O vento soprou e ela naufragou com o barco! Bebam e rezem um terço por ela e por sua alma. Ave Maria, cheia de graça, o Senhor esteja convosco. Senhor, dê-lhe descanso eterno. *Reza sozinho.*

O QUINTO — Isso é absurdo. É uma blasfêmia.

O SEXTO — Está bêbado.

O TERCEIRO — O que é demais, é demais, disse o homem e matou a mulher de pancadas.

O SEGUNDO — Porque você não deitou lá? Só tem lugar para um.

O QUARTO — Ou por que não lhe deu uma boa surra! Mas agora, é uma vergonha!

O terceiro — É imoral.

Pescador — Imoral? Vocês são imorais. Estou sendo punido por Deus e vocês zombam de mim! Quem aqui perdeu a mulher? Sou um grande pecador, um beberrão, um degenerado miserável, mas agora o Senhor me castigou e ninguém tem o direito de rir de mim.

Os outros *levantam-se* — Ficou maluco! Vamos. A pinga, a gente leva. — É uma pobre mulher, e foi bem feito para esse beberrão. — Igual a esse, ela acha aos montes.

Pescador — Isso é calúnia. Qual o homem que já passou por uma coisa assim? Vocês não têm vergonha, são homens de pouca fé! Estou triste até o fundo de minha alma! *Bebe.*

Os outros — Peguem o garrafão e vamos para a taberna. — Ele está fraco da cabeça.

Pescador *levanta, abraça o garrafão* — Isso é um funeral e vocês são os convidados. Mas agora estão bêbados e dizem grosserias! Deviam se envergonhar dessas suas pobres almas!

Os outros *tentando arrancar-lhe o garrafão* — Solte, velho miserável! Dê aqui o garrafão! — Vamos matá-lo de pancadas!

Pescador — A luxúria estava estampada no rosto de vocês quando viram os safados, e babaram de inveja quando eles foram carregados para fora. Seus miseráveis! Seus depravados! Seus depravados!

Os outros *espremendo-se na porta* — O senhor nos proteja, ele está doido! — Não está regulando bem, foi tudo sonho dele! — Estou horrorizado, não quero beber mais nada. — Deixem-no aí deitado com as velas. Talvez Deus faça um milagre e ele se afogue de uma vez no garrafão. *Saem.*

O pescador apaga as velas, menos três. Afasta as cadeiras a pontapés. Para com o olhar fixo.

Segundo homem *na janela, à esquerda* — Ei, você!

Pescador *virando-se* — Quem é? É você! Entre! Minha mulher morreu!

Segundo homem *entra pela janela. Está sangrando no rosto* — Você está bêbado?!

Pescador — Está escutando o vento? Ela se afogou.

Segundo homem — Quando?

Pescador — Há pouco.

Segundo homem — Como é que você sabe?

Pescador — Deus me despertou. Minha mulher estava morta ali na cama. Olhe, ela parecia um peixe. Mas beba comigo. Estou tão sozinho!

Segundo homem — Não estou entendendo. Isso aqui está pavoroso. A pinga é sua?

Pescador — É. Beba! Foi um presente do amante dela!

Segundo homem — Sua mulher tinha um amante?

Pescador — Uma porção. Mas a pinga, consegui só do último.

Segundo homem — Faz tempo que você está sentado aqui sozinho?

Pescador — Não. Tinha gente aqui. Riram e depois foram embora. Viram minha desonra e agora estão contando tudo por aí.

Segundo homem — Isso está me assustando. Vou embora.

Pescador — Por que está sangrando no rosto? Alguém bateu em você?

Segundo homem — Por desgraça, caí. Porque tinha bebido.

Pescador — Você é meu único amigo, porque também sofreu uma desgraça. Deus mesmo me castigou. Teria lhe dado meu coração e dito: Leve-o. Mas ele levou minha mulher, que eu amava mais ainda. Agora estou bebendo e me arruinando. A culpa é dele.

Segundo homem — Quando foi isso?

Pescador — Há pouco. Quando Deus me perguntar no juízo final: está tão arruinado, onde é que enfio você? Então direi: no inferno, para ficar junto da minha mulher.

Mendigo *à porta, atrás dele uma mendiga* — Venha! É aqui que tem pinga. Disseram que aqui se acharia pinga.

Pescador — Entrem e sentem. Isso é um funeral. Minha mulher morreu. Fico contente por terem me dado a honra.

Mendigo *e a mendiga sentam* — Decerto era uma boa mulher.

Pescador — Dos mortos só se fala bem! Bebam!

Mendiga — Lá fora está ventando. Aqui está quente.

Mendigo — A pinga está boa. É muito triste perder uma mulher.

Pescador — Fica-se completamente sozinho. São todos uns animais! *Batendo sobre a mesa.* Animais! Quando mergulhei a cabeça na água, me veio a ideia da rede. Olhei para as estrelas e pensei: isso serve.

Mendigo — Parece que o espírito está falando através de você. Isso mexe com qualquer um. *Bebe bastante.*

Em seguida, os dois vão para a esquerda atrás, sentar-se no sofá. Às vezes cochicham e resmungam.

Primeiro homem *à porta, à direita, ensopado de água* — Ei, posso beber um gole da minha pinga?

Pescador *como se estivesse tendo visões* — Assim, eu também estava parado na porta quando mergulhei a cabeça na água, meu caro.

Primeiro homem — É verdade. Mas não deveria ter se embriagado!

Pescador — Pode sentar aqui, mas fique quieto. Não estou mais com raiva. O vento que secou você é o mesmo que afogou a minha mulher? Sente e beba! É tudo em vão! *Fala com dificuldade, está embriagado.*

Primeiro homem aproxima-se da mesa.

Segundo homem *levanta-se. Fitam-se com rivalidade* — Não se atreva a sentar aqui!

Primeiro homem *inseguro* — Preciso falar com ele.

SEGUNDO HOMEM *adianta-se, mas já cambaleando* — Vou ter que acabar com você? Seu porco!

PRIMEIRO HOMEM *bebendo* — Estou totalmente sóbrio agora.

SEGUNDO HOMEM *senta* — Vou acabar com você. Amanhã.

PRIMEIRO HOMEM — Preciso dizer uma coisa a ele. *Bebe.*

SEGUNDO HOMEM — Ele está falando de Deus. O que foi então?

PRIMEIRO HOMEM — Aconteceu uma coisa. *Bebe.*

SEGUNDO HOMEM — Aqui não está nada agradável.

PRIMEIRO HOMEM — O que é isso, ali atrás?

SEGUNDO HOMEM — Convidados do funeral!

PESCADOR *confusamente* — Deus me castigou. Deus me pescou na pinga. Estão ouvindo o vento? Eu estava flutuando no vento!

PRIMEIRO HOMEM — Perderam a vergonha.

SEGUNDO HOMEM — É o que faz a sua pinga!

PRIMEIRO HOMEM — A mulher está andando por aí, em plena noite e não se atreve a voltar. No vento! Ele deve estar com muita raiva!

SEGUNDO HOMEM — Está de porre!

PRIMEIRO HOMEM *ao pescador* — Meu filho, somos todos uns pecadores!

PESCADOR *abraça-o* — Ela se afogou, e estou sozinho, sem ninguém ao meu lado.

PRIMEIRO HOMEM *bebendo* — Você deve recebê-la de volta. *Continua bebendo. O pescador encosta a cabeça na mesa.* Tenho cinco filhos. Você precisa aceitá-la de volta. *Para o segundo homem, que está caído embaixo da mesa*: Diga isso a ele! Está completamente bêbado. Estou com o coração amargurado. *Chora.* Você precisa aceitá-la de volta. Todo mundo viu. Me sinto tão mal.

PESCADOR — Estamos sozinhos. Absolutamente sós. Ouçam! O vento! Silêncio, vento!

MULHER *para à porta igualmente ensopada, a rede sobre os ombros* — Ele ainda está com raiva?

PRIMEIRO HOMEM — Está dormindo! *Aproxima-se dela cambaleando, tenta abraçá-la. Ela o empurra.*

PRIMEIRO HOMEM — Intercedi a seu favor.

MULHER — Vamos, saia logo daqui! *Joga a rede no chão.*

PRIMEIRO HOMEM — As coisas não andaram nada bem para você...

MULHER — Vá para casa agora! *Empurra-o para fora, até a porta, volta, pega o segundo homem e arrasta-o para fora.* Porco! Porcos! Fora daqui!

PESCADOR *erguendo-se com dificuldade, esforçando-se* — São todos uns animais. Mas rezem. Uma missa pela alma dela! Animais. Vento. Alma. *Senta, adormece.*

Os dois homens bêbados saem juntos, como no início.

MULHER *fecha a janela. Esvazia o garrafão, esfrega o quarto com a pinga. Depara com os mendigos* — Que corja é essa?

MENDIGO — Gente pobre!

MULHER — Fora! Não têm vergonha?

MENDIGA — Está frio lá fora! E o vento!

MULHER *empurrando-os para fora com a vassoura* — Vamos, saiam logo daqui! *Meio para o pescador, enquanto esfrega*: Por que bebeu tanto assim? Quer que faça um café? *Não obtém resposta.* Eles simplesmente teriam jogado a rede no poço, esses porcos! *Olha-o.* Está dormindo. *Apaga as velas, coloca-o nas costas e carrega-o para a cama.*

Este livro foi composto na tipografia Granjon LT Std, em corpo 11/14,5, e impresso em papel off-white no Sistema Digital Instant Duplex da Divisão Gráfica da Distribuidora Record.